KB267936

중학생이 보는

HANYONGUN HANYONGUN

님의 침묵

한 용 운 지음
성낙수(한국교원대 교수) · 이은성(전주 전일중학교 교사) · 유상우(전주 서중학교 교사) 엮음

좋은 책 좋은 독자를 만드는—
(주)신원문화사

  더 이상 언급할 필요도 없지만 요즘은 독서의 중요성이 더욱 강조되는 시대입니다. 첨단과학으로 이루어진 대중매체 덕분에 눈으로 읽는 것보다는 말초신경을 자극하는 동영상 쪽으로 관심이 모아지는 데 대한 우려 때문일 것입니다. 꿈과 희망을 가지고 자라나는 학생들에게는 올바른 사고력과 분별력을 키워주어야 합니다. 그런 점에서 다른 사람들의 생각과 철학, 인생관과 세계관이 들어 있는 명작들을 많이 읽는 것이야말로 바람직한 학습 효과를 거둘 수 있는 지름길이라 생각합니다.

  명작은 오랜 세월에 걸쳐 많은 사람들이 읽고 크게 감동을 받은 인정된 작품들로서, 청소년들의 삶에 지침이 되어 주고 인생관에 변화를 주게 될 것입니다.

  이번에 중학생들에게 꼭 읽히고 싶은 명작들을 선정하여, 작품을 바르게 감상하고 독후감을 쓰는 데 도움을 주고자 이 시리즈를 기획하게 되었습니다. 작품들은 동서고금에 걸쳐 객관적으로 인정받은, 훌륭한 대상만을 선정하였습니다. 그리고 책의 구성을 다음과 같이 하여, 읽고 쓰는 데 도움이 되도록 하였습니다.

  하나, 삶에 대한 지혜와 용기를 주고 중학생이라면 꼭 읽어야 할 명작만을 골랐습니다.

둘, 명작을 읽고 난 후의 솔직한 느낌을 논리적·체계적으로 쓸 수 있도록 중학생들의 독후감 작성에 따르는 부담을 덜어 주도록 구성하였습니다.

셋, 작품 알고 들어가기, 내용 훑어보기, 작품 분석하기, 등장인물 알기를 통해 작품을 분석하는 힘을 기를 수 있도록 하였습니다.

넷, 작가 들여다보기, 시대와 연관짓기, 작품 토론하기 등을 통해 작가의 일생을 알고 시대의 흐름을 파악하여 상상력과 창의력을 키워 주도록 하였습니다.

다섯, 독후감 예시하기와 독후감 제대로 쓰기에서는 책을 읽는 방법과 독후감 모범답안 실례를 제시함으로써 문장력을 길러주는 한편 독후감 쓰기의 충실한 길라잡이가 되도록 했습니다.

아무쪼록 이 책들이 중학생들의 학습 능력 향상에 큰 도움이 되길 빌어 마지 않습니다.

엮은이 성 낙 수

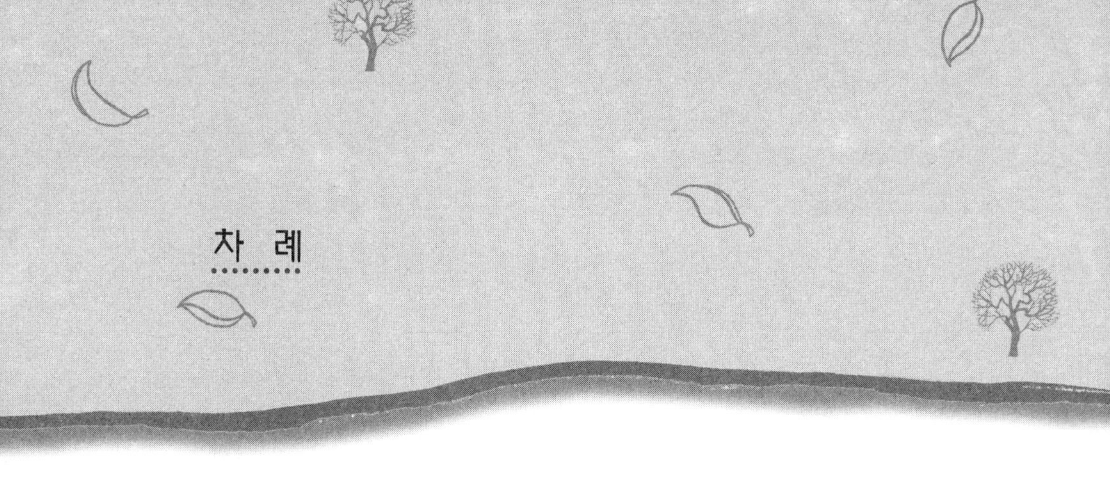

차 례

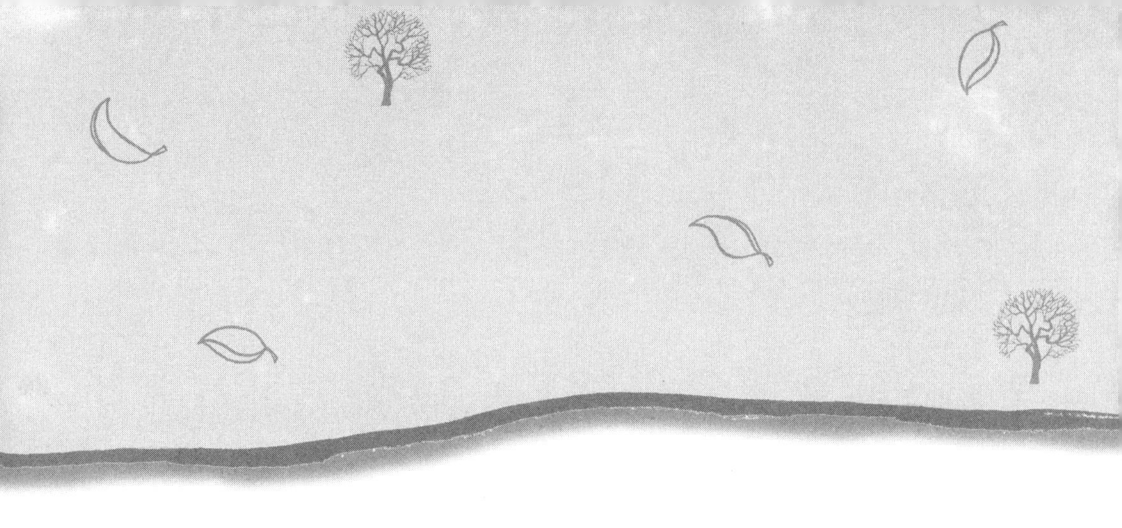

2부 님의 침묵

3부 당신의 마음

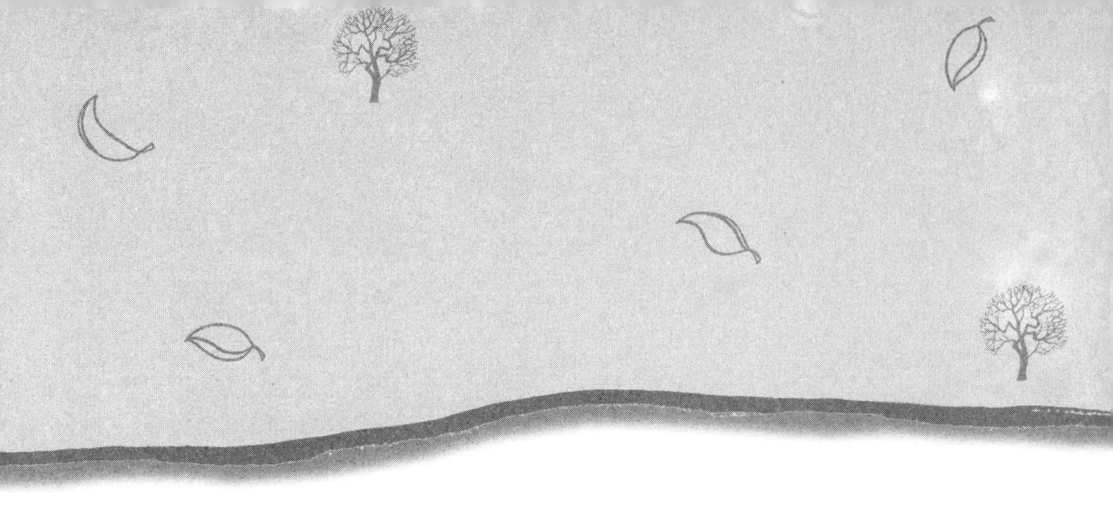

4부 산가의 새벽

중학생이 보는

님의 침묵

님의 침묵

〈님의 침묵〉은 88편의 시가 실린 시집 《님의 침묵》의 표제가 된 작품입니다. 이 작품에서는 '님'에 대한 그리움을 연가풍으로 노래하고 있어요. 이 작품은 '님'이라는 말이 표현할 수 있는 다양한 함축적 의미를 어떻게 해석하느냐에 따라 그 의미가 달라지는 풍요로움을 지니고 있습니다. '님'의 의미를 생각해 보며 이 시를 감상해 보죠.

알 수 없어요

이 작품은 〈님의 침묵〉과 함께 만해의 시 가운데 가장 우수한 작품으로 평가받고 있습니다. 연 구분 없이 전 6행으로 이루어진 이 작품은 5행까지는 동일한 구문이 계속되는 구조로 이루어지다가 마지막 행에서 비로소 작품의 핵심이 드러납니다. 끝없이 이어지는 듯한 산문시의 리듬과 설의법, 은유법 등 다양한 표현 기법을 잘 살리고 있는 작품이에요.

나룻배와 행인

이 작품은 '나'와 '님'과의 관계를 '나룻배'와 '행인'에 비유하여 직설적으로 표현하고 있습니다. '행인'은 '나룻배'를 짓밟고 돌아보지도 않고 가지만 '나룻배'는 언젠가는 님이 돌아오리라는 믿음으로 기다립니다. 하지만 이 작품에서 나룻배의 기다림은 허망한 것으로 그려지고 있지는 않아요. 그 비밀은 나룻배와 행인, 즉 '나'와 '님'과의 관계 속에 숨어 있습니다. 시를 읽으면서 그 비밀을 풀어 보세요.

논개의 애인이 되어 그의 묘에

이 작품은 우리 역사상 커다란 민족사적 수난이었던 임진왜란 당시, 진주 남강에 적장을 껴안고 성스러운 죽음을 택한 여인 논개를 예찬한 작품입니다. 만해가 현실을 바라보는 태도를 엿볼 수 있으며, 그의 애국 정신이 가장 선명하게 나타나 있는 작품이라고 할 수 있습니다. 논개에 대한 화자의 사랑이 무엇이며, 그것이 만해의 민족주의 정신과 어떻게 연결되고 있는지 생각하며 시를 감상해 보죠.

1부
알 수 없어요

군 말

　'님'만 님이 아니라, 기룬 것은 다 님이다. 중생이 석가의 님이라면, 철학은 칸트의 님이다. 장미화의 님이 봄비라면 마시니의 님은 이태리다. 님은 내가 사랑할 뿐 아니라 나를 사랑하나니라.

　연애가 자유라면 님도 자유일 것이다. 그러나 너희는 이름 좋은 자유에 알뜰한 구속을 받지 않느냐. 너에게도 님이 있느냐. 있다면 님이 아니라 너의 그림자니라.

　나는 해 저문 벌판에서 돌아가는 길을 잃고 헤매는 어린 양이 기루어서 이 시를 쓴다.

저 자

나의 길

이 세상에는 길도 많기도 합니다.

산에는 돌길이 있습니다. 바다에는 뱃길이 있습니다. 공중에는 달과 별의 길이 있습니다.

강가에서 낚시질하는 사람은 모래 위에 발자취를 내입니다. 들에서 나물 캐는 여자는 방초(芳草)를 밟습니다.

악한 사람은 죄의 길을 좇아갑니다.

의(義) 있는 사람은 옳은 일을 위하여는 칼날을 밟습니다.

서산에 지는 해는 붉은 놀을 밟습니다.

봄 아침의 맑은 이슬은 꽃머리에서 미끄럼 탑니다.

그러나 나의 길은 이 세상에 둘밖에 없습니다.

하나는 님의 품에 안기는 길입니다.

그렇지 아니하면 죽음의 품에 안기는 길입니다.

그것은 만일 님의 품에 안기지 못하면, 다른 길은 죽음의 길보다 험하고 괴로운 까닭입니다.

아아 나의 길은 누가 내었습니까.

아아 이 세상에는 님이 아니고는 나의 길을 내일 수가 없습니다.

그런데 나의 길을 님이 내었으면, 죽음의 길은 왜 내셨을까요.

알 수 없어요

바람도 없는 공중에 수직의 파문을 내이며, 고요히 떨어지는 오동잎은 누구의 발자취입니까.

지리한 장마 끝에 서풍에 몰려가는 무서운 검은 구름의 터진 틈으로, 언뜻언뜻 보이는 푸른 하늘은 누구의 얼굴입니까.

꽃도 없는 깊은 나무에 푸른 이끼를 거쳐서, 옛 탑 위의 고요한 하늘을 스치는 알 수 없는 향기는 누구의 입김입니까.

근원은 알지도 못할 곳에서 나서, 돌부리를 울리고 가늘게 흐르는 적은 시내는 굽이굽이 누구의 노래입니까.

연꽃 같은 발꿈치로 가이 없는 바다를 밟고, 옥 같은 손으로 끝없는 하늘을 만지면서, 떨어지는 날을 곱게 단장하는 저녁놀은 누구의 시입니까.

타고 남은 재가 다시 기름이 됩니다. 그칠 줄을 모르고 타는 나의 가슴은 누구의 밤을 지키는 약한 등불입니까.

길이 막혀

당신의 얼굴은 달도 아니언만
산 넘고 물 넘어 나의 마음을 비춥니다.

나의 손길은 왜 그리 짧아서
눈앞에 보이는 당신의 가슴을 못 만지나요.

당신이 오기로 못 올 것이 무엇이며
내가 가기로 못 갈 것이 없지마는
산에는 사다리가 없고
물에는 배가 없어요.

뉘라서 사다리를 떼고 배를 깨뜨렸습니까.
나는 보석으로 사다리 놓고 진주로 배 모아요.
오시려도 길이 막혀서 못 오시는 당신이 기루어요.

알 수 없어요

당신이 아니더면

당신이 아니더면 포시럽고 매끄럽던 얼굴이 왜 주름살이 잡혀요.
당신이 기릅지만 않다면, 언제까지라도 나는 늙지 아니할 테여요.
맨 첨에 당신에게 안기던 그때대로 있을 테여요.

그러나 늙고 병들고 죽기까지라도, 당신 때문이라면 나는 싫지
안 하여요.
나에게 생명을 주든지 죽음을 주든지, 당신의 뜻대로만 하셔요.
나는 곧 당신이어요.

꿈 깨고서

님이면은 나를 사랑하련마는, 밤마다 문밖에 와서 발자취 소리만 내이고, 한 번도 들어오지 아니하고 도로 가니, 그것이 사랑인가요.

그러나 나는 발자취나마 님의 문 밖에 가본 적이 없습니다.

아마 사랑은 님에게만 있나봐요.

아아 발자취 소리나 아니더면, 꿈이나 아니 깨었으련마는
꿈은 님을 찾아가려고 구름을 탔었어요.

가지 마셔요

그것은 어머니의 가슴에 머리를 숙이고 자기자기한 사랑을 받으려고 삐죽거리는 입술로 표정하는 어여쁜 아기를 싸안으려는 사랑의 날개가 아니라, 적의 깃발입니다.

그것은 자비의 백호(白毫) 광명이 아니라, 번득거리는 악마의 눈빛입니다.

그것은 면류관과 황금의 누리와 죽음과를 본 체도 아니하고, 몸과 마음을 돌돌 뭉쳐서 사랑의 바다에 풍당 넣으려는 사랑의 여신이 아니라, 칼의 웃음입니다.

아아 님이여, 위안에 목마른 나의 님이여, 걸음을 돌리셔요, 거기를 가지 마셔요, 나는 싫어요.

대지의 음악은 무궁화 그늘에 잠들었습니다.

광명의 꿈은 검은 바다에서 잠약질합니다.

무서운 침묵은 만상(萬象)의 속살거림에 서슬이 푸른 교훈을 나리고 있습니다.

아아 님이여, 새 생명의 꽃에 취하려는 나의 님이여. 걸음을 돌리셔요, 거기를 가지 마셔요, 나는 싫어요.

거룩한 천사의 세례를 받은 순결한 청춘을 똑 따서 그 속에 자기의 생명을 넣어서, 그것을 사랑의 제단에 제물로 드리는 어여쁜 처녀가 어데 있어요.

달금하고 맑은 향기를 꿀벌에게 주고, 다른 꿀벌에게 주지 않는 이상한 백합꽃이 어데 있어요.

자신의 전체를 죽음의 청산에 장사 지내고, 흐르는 빛으로 밤을 두 조각에 베히는 반딧불이 어데 있어요.

아아 님이여, 정에 순사(殉死)하려는 나의 님이여. 걸음을 돌리셔요, 거기를 가지 마셔요, 나는 싫어요.

그 나라에는 허공이 없습니다.

그 나라에는 그림자 없는 사람들이 전쟁을 하고 있습니다.

그 나라에는 우주만상의 모든 생명의 쇳대를 가지고, 척도를 초월한 삼엄한 궤율로 진행하는 위대한 시간이 정지되었습니다.

아아 님이여, 죽음을 방향(芳香)이라고 하는 나의 님이여. 걸음을 돌리셔요, 거기를 가지 마셔요, 나는 싫어요.

차 라 리

님이여 오셔요. 오시지 아니하려면 차라리 가셔요. 가려다 오고, 오려다 가는 것은 나에게 목숨을 빼앗고, 죽음도 주지 않는 것입니다.

님이여 나를 책망하려거든, 차라리 큰소리로 말씀하여 주셔요.

침묵으로 책망하지 말고, 침묵으로 책망하는 것은 아픈 마음을 얼음 바늘로 찌르는 것입니다.

님이여 나를 아니 보려거든, 차라리 눈을 돌려서 감으셔요. 흐르는 곁눈으로 흘겨 보지 마셔요. 곁눈으로 흘겨 보는 것은 사랑의 보에 가시의 선물을 싸서 주는 것입니다.

생명

닻과 치를 잃고 거친 바다에 표류된 적은 생명의 배는, 아직 발견도 아니 된 황금의 나라를 꿈꾸는 한 줄기 희망의 나침반이 되고 항로가 되고 순풍이 되어서, 물결의 한 끝은 하늘을 치고, 다른 물결의 한 끝은 땅을 치는 무서운 바다에 배질합니다.

님이여, 님에게 바치는 이 적은 생명을 힘껏 껴안아 주셔요.

이 적은 생명이 님의 품에서 으서진다 하여도, 환희의 영지(靈地)에서 순정(殉情)한 생명의 파편은, 최귀(最貴)한 보석이 되어서 조각조각이 적당히 이어져서, 님의 가슴에 사랑의 휘장을 걸었습니다.

님이여 끝없는 사막에 한 가지의 깃들일 나무도 없는 적은 새인 나의 생명을 님의 가슴에 으서지도록 껴안아 주셔요.

그러고 부서진 생명의 조각조각에 입맞춰 주셔요.

고적한 밤

하늘에는 달이 없고, 땅에는 바람이 없습니다.
사람들은 소리가 없고, 나는 마음이 없습니다.

　　우주는 죽음인가요.
　　인생은 잠인가요.

　한 가닥은 눈썹에 걸치고, 한 가닥은 적은 별에 걸쳤던 님 생각
의 금실은 살살살 걷힙니다.
　한 손에는 황금의 칼을 들고, 한 손으로 천국의 꽃을 꺾던 환상
의 여왕도 그림자를 감추었습니다.
　아아 님 생각의 금실과 환상의 여왕이 두 손을 마주 잡고, 눈물
의 속에서 정사(情死)한 줄이야 누가 알아요.

　　우주는 죽음인가요
　　인생은 눈물인가요
　　인생이 눈물이면
　　죽음은 사랑인가요.

슬픔의 삼매(三昧)

하늘의 푸른 빛과 같이 깨끗한 죽음은 군동(群動)을 정화합니다.
허무의 빛인 고요한 밤은 대지에 군림하였습니다.
힘없는 촛불 아래에 사리뜨리고 외로이 누워 있는 오오 님이여.
눈물의 바다에 꽃배를 띄웠습니다.
꽃배는 님을 싣고 소리도 없이 가라앉았습니다.
나는 슬픔의 삼매에 '아공(我空)'이 되었습니다.

꽃향기의 무르녹은 안개에 취하여 청춘의 황야에 비틀걸음치는 미인이여.

죽음을 기러기 털보다도 가벼웁게 여기고, 가슴에서 타오르는 불꽃을 얼음처럼 마시는 사랑의 광인이여.

아아 사랑에 병들어, 자기의 사랑에게 자살을 권고하는 사랑의 실패자여.

그대는 만족한 사랑을 받기 위하여 나의 팔에 안겨요.

나의 팔은 그대의 사랑의 분신인 줄을 그대는 왜 모르셔요.

예술가

나는 서투른 화가여요.

잠 아니 오는 잠자리에 누워서 손가락을 가슴에 대이고, 당신의 코와 입과 두 볼에 새암 파지는 것까지 그렸습니다.

그러나 언제든지 적은 웃음이 떠도는 당신의 눈자위는, 그리다가 백 번이나 지웠습니다.

나는 파겁 못한 성악가여요.

이웃 사람도 돌아가고 버러지 소리도 그쳤는데, 당신의 가르쳐 주시던 노래를 부르려다가 조는 고양이가 부끄러워서 부르지 못하였습니다.

그래서 가는 바람이 문풍지를 스칠 때에, 가만히 합창하였습니다.

나는 서정시인이 되기에는 너무도 소질이 없나봐요.

'즐거움'이니 '슬픔'이니 '사랑'이니, 그런 것은 쓰기 싫어요.

당신의 얼굴과 소리와 걸음걸이와를 그대로 쓰고 싶습니다.

그리고 당신의 집과 침대와 꽃밭에 있는 적은 돌도 쓰겠습니다.

사랑의 측량

즐겁고 아름다운 일은 양이 많을수록 좋은 것입니다.

그런데 당신의 사랑은 양이 적을수록 좋은가봐요.

당신의 사랑은 당신과 나와 두 사람의 사이에 있는 것입니다.

사랑의 양을 알려면, 당신과 나의 거리를 측량할 수밖에 없습니다.

그래서 당신과 나의 거리가 멀면 사랑의 양이 많고, 거리가 가까우면 사랑의 양이 적을 것입니다.

그런데 적은 사랑은 나를 웃기더니, 많은 사랑은 나를 울립니다.

뉘라서 사람이 멀어지면, 사랑도 멀어진다고 하여요.

당신이 가신 뒤로 사랑이 멀어졌으면, 날마다 날마다 나를 울리는 것은 사랑이 아니고 무엇이어요.

비 밀

비밀입니까, 비밀이라니요, 나에게 무슨 비밀이 있겠습니까.

나는 당신에게 대하여 비밀을 지키려고 하였습니다마는, 비밀
은 야속히도 지켜지지 아니하였습니다.

나의 비밀은 눈물을 거쳐서 당신의 시각으로 들어갔습니다.

나의 비밀은 한숨을 거쳐서 당신의 청각으로 들어갔습니다.

나의 비밀은 떨리는 가슴을 거쳐서 당신의 촉각으로 들어갔습
니다.

그 밖의 비밀은 한 조각 붉은 마음이 되어서 당신의 꿈으로 들
어갔습니다.

그러고 마지막 비밀은 하나 있습니다. 그러나 그 비밀은 소리
없는 메아리와 같아서 표현할 수가 없습니다.

당신은

당신은 나를 보면 왜 늘 웃기만 하셔요. 당신의 찡그리는 얼굴을 좀 보고 싶은데.

나는 당신을 보고 찡그리기는 싫어요. 당신은 찡그리는 얼굴을 보기 싫어하실 줄을 압니다.

그러나 떨어진 도화가 날아서 당신의 입술을 스칠 때에, 나는 이마가 찡그려지는 줄도 모르고 울고 싶었습니다.

그래서 금실로 수놓은 수건으로 얼굴을 가렸습니다.

이별은 미의 창조

이별은 미의 창조입니다.

이별의 미는 아침의 바탕(質) 없는 황금과, 밤의 올(系) 없는
검은 비단과, 죽음 없는 영원의 생명과, 시들지 않는 하늘의 푸른
꽃에도 없습니다.

님이여, 이별이 아니면, 나는 눈물에서 죽었다가 웃음에서 다시
살아날 수가 없습니다. 오오 이별이여.

미는 이별의 창조입니다.

행 복

나는 당신을 사랑하고, 당신의 행복을 사랑합니다. 나는 온 세상 사람이 당신을 사랑하고, 당신의 행복을 사랑하기를 바랍니다.

그러나 정말로 당신을 사랑하는 사람이 있다면, 나는 그 사람을 미워하겠습니다. 그 사람을 미워하는 것은 당신을 사랑하는 마음의 한 부분입니다.

그러므로 그 사람을 미워하는 고통도 나에게는 행복입니다.

만일 온 세상 사람이 당신을 미워한다면, 나는 그 사람을 얼마나 미워하겠습니까.

만일 온 세상 사람이 당신을 사랑하지도 않고 미워하지도 않는다면, 그것은 나의 일생에 견딜 수 없는 불행입니다.

만일 온 세상 사람이 당신을 사랑하고자 하여 나를 미워한다면, 나의 행복은 더 클 수가 없습니다.

그것은 모든 사람의 나를 미워하는 원한의 두만강이 깊을수록, 나의 당신을 사랑하는 행복의 백두산이 높아지는 까닭입니다.

나는 잊고저

남들은 님을 생각한다지만
나는 님을 잊고저 하여요
잊고저 할수록 생각히기로
행여 잊힐까 하고 생각하여 보았습니다.

잊으려면 생각히고
생각하면 잊히지 아니하니
잊도 말고 생각도 말아 볼까요
잊든지 생각든지 내버려두어 볼까요.
그러나 그리도 아니 되고
끊임없는 생각생각에 님뿐인데 어찌하여요.

구태여 잊으려면
잊을 수가 없는 것은 아니지만
잠과 죽음뿐이기로
님 두고는 못하여요.

아아 잊히지 않는 생각보다
잊고저 하는 그것이 더욱 괴롭습니다.

진 주

언제인지 내가 바닷가에 가서 조개를 주웠지요. 당신은 나의 치마를 걸어 주셨어요. 진흙 묻는다고.

집에 와서는 나를 어린아기 같다고 하셨지요, 조개를 주워다가 장난한다고, 그리고 나가시더니, 금강석을 사다 주셨습니다, 당신이.

나는 그때에 조개 속에서 진주를 얻어서, 당신의 적은 주머니에 넣어 드렸습니다.

당신이 어디 그 진주를 가지고 계셔요, 잠시라도 왜 남을 빌려 주셔요.

자유정조(自由貞操)

내가 당신을 기다리고 있는 것은 기다리고자 하는 것이 아니라, 기다려지는 것입니다.

말하자면 당신을 기다리는 것은 정조보다도 사랑입니다.

남들은 나더러 시대에 뒤진 낡은 여성이라고 삐죽거립니다. 구구한 정조를 지킨다고.

그러나 나는 시대성을 이해하지 못하는 것도 아닙니다.

인생과 정조의 심각한 비탄을 하여 보기도 한두 번이 아닙니다.

자유연애의 신성(?)을 덮어놓고 부정하는 것도 아닙니다.

대자연을 따라서 초연생활을 할 생각도 하여 보았습니다.

그러나 구경(究竟), 만사가 다 저의 좋아하는 대로 말한 것이요, 행한 것입니다.

나는 님을 기다리면서 괴로움을 먹고 살이 찝니다. 어려움을 입고 키가 큽니다.

나의 정조는 '자유정조' 입니다.

.

밤은 고요하고

밤은 고요하고 방은 물로 시친 듯합니다.

이불은 개인 채로 옆에 놓아두고, 화롯불을 다듬거리고 앉았습니다.

밤은 얼마나 되었는지, 화롯불은 꺼져서 찬 재가 되었습니다.

그러나 그를 사랑하는 나의 마음은 오히려 식지 아니하였습니다.

닭의 소리가 채 나기 전에 그를 만나서 무슨 말을 하였는데, 꿈조차 분명치 않습니다그려.

나룻배와 행인

나는 나룻배
당신은 행인.

당신은 흙발로 나를 짓밟습니다.
나는 당신을 안고 물을 건너갑니다.
나는 당신을 안으면 깊으나 옅으나 급한 여울이나 건너갑니다.

만일 당신이 아니 오시면 나는 바람을 쐬고 눈비를 맞으며 밤에
서 낮까지 당신을 기다리고 있습니다.
당신은 물만 건너면 나를 돌아보지도 않고 가십니다그려.
그러나 당신이 언제든지 오실 줄만은 알아요.
나는 당신을 기다리면서 날마다 날마다 낡아갑니다.

나는 나룻배
당신은 행인.

의심하지 마셔요

　의심하지 마셔요. 당신과 떨어져 있는 나에게 조금도 의심을 두지 마셔요.
　의심을 둔대야 나에게는 별로 관계가 없으나, 부질없이 당신에게 고통의 숫자만 더할 뿐입니다.

　나는 당신의 첫사랑의 팔에 안길 때에, 온갖 거짓의 옷을 다 벗고, 세상에 나온 그대로의 발가벗은 몸을 당신의 앞에 놓았습니다. 지금까지도 당신의 앞에는 그때에 놓아둔 몸을 그대로 받들고 있습니다.

　만일 인위가 있다면, '어찌하여야 첨 마음을 변치 않고 끝끝내 거짓 없는 몸을 님에게 바칠고.' 하는 마음뿐입니다.
　당신의 명령이라면, 생명의 옷까지도 벗겠습니다.

　나에게 죄가 있다면, 당신을 그리워하는 나의 '슬픔' 입니다.
　당신이 가실 때에 나의 입술에 수가 없이 입맞추고, '부디 나에게 대하여 슬퍼하지 말고 잘 있으라.'고 한, 당신의 간절한 부탁에 위반되는 까닭입니다.

그러나 그것만은 용서하여 주셔요.

당신을 그리워하는 슬픔은 곧 나의 생명인 까닭입니다.

만일 용서하지 아니하면, 후일에 그에 대한 벌을 풍우의 봄 새벽의 낙화의 수만치라도 받겠습니다.

당신의 사랑의 동아줄에 휘감기는 체형도 사양치 않겠습니다.

당신의 사랑의 혹법(酷法) 아래에 일만 가지로 복종하는 자유형도 받겠습니다.

그러나 당신이 나에게 의심을 두시면, 당신의 의심의 허물과 나의 슬픔의 죄를 맞비기고 말겠습니다.

당신에게 떨어져 있는 나에게 의심을 두지 마셔요. 부질없이 당신에게 고통의 숫자를 더하지 마셔요.

이 별

아아 사람은 약한 것이다, 여린 것이다, 간사한 것이다.
이 세상에는 진정한 사랑의 이별은 있을 수가 없는 것이다.
죽음으로 사랑을 바꾸는 님과 님에게야, 무슨 이별이 있으랴.
이별의 눈물은 물거품의 꽃이요, 도금한 금방울이다.

칼로 베힌 이별의 '키스'가 어데 있느냐.
생명의 꽃으로 빚은 이별의 두견주(杜鵑酒)가 어데 있느냐.
피의 홍보석으로 만든 이별의 기념반지가 어데 있느냐.
이별의 눈물은 저주의 마니주(摩尼珠)요, 거짓의 수정이다.

사랑의 이별은 이별의 반면에, 반드시 이별하는 사랑보다 더 큰
사랑이 있는 것이다.
혹은 직접의 사랑은 아닐지라도, 간접의 사랑이라도 있는 것이다.
다시 말하면, 이별하는 애인보다 자기를 더 사랑하는 것이다.
만일 애인을 자기의 생명보다 더 사랑하면, 무궁을 회전하는 시
간의 수레바퀴에 이끼가 끼도록 사랑의 이별은 없는 것이다.

아니다 아니다. '참' 보다도 참인 님의 사랑엔, 죽음보다도 이별
이 훨씬 위대하다.

죽음이 한 방울의 찬 이슬이라면, 이별은 일천 줄기의 꽃비다.

죽음이 밝은 별이라면, 이별은 거룩한 태양이다.

생명보다 사랑하는 애인을 사랑하기 위하여는, 죽을 수가 없는
것이다.

진정한 사랑을 위하여는, 괴롭게 사는 것이 죽음보다도 더 큰
희생이다.

이별은 사랑을 위하여 죽지 못하는 가장 큰 고통이요, 보은이다.

애인은 이별보다 애인의 죽음을 더 슬퍼하는 까닭이다.

사랑은 붉은 촛불이나 푸른 술에만 있는 것이 아니라, 먼 마음
을 서로 비치는 무형(無形)에도 있는 까닭이다.

그러므로 사랑하는 애인을 죽음에서 잊지 못하고, 이별에서 생
각하는 것이다.

그러므로 사랑하는 애인을 죽음에서 웃지 못하고, 이별에서 우
는 것이다.

그러므로 애인을 위하여는 이별의 원한을 죽음의 유쾌로 갚지 못하고, 슬픔의 고통으로 참는 것이다.

그러므로 사랑은 차마 죽지 못하고, 차마 이별하는 사랑보다 더 큰 사랑은 없는 것이다.

그리고 진정한 사랑은 곳이 없다.

진정한 사랑은 애인의 포옹만 사랑할 뿐 아니라, 애인의 이별도 사랑하는 것이다.

그리고 진정한 사랑은 때가 없다.

진정한 사랑은 간단(間斷)이 없어서 이별은 애인의 육(肉)뿐이요, 사랑은 무궁이다.

아아 진정한 애인을 사랑함에는 죽음의 칼을 주는 것이요, 이별은 꽃을 주는 것이다.

아아 이별의 눈물은 진이요 선이요 미다.

아아 이별의 눈물은 석가요 모세요 짠다크다.

하나가 되어 주셔요

님이여, 나의 마음을 가져 가려거든 마음을 가진 나한지 가져 가셔요. 그리하여 나로 하여금 님에게서 하나가 되게 하셔요.

그렇지 아니하거든 나에게 고통만을 주지 마시고, 님의 마음을 다 주시오. 그리고 마음을 가진 님한지 나에게 주셔요. 그래서 님으로 하여금 나에게서 하나가 되게 하셔요.

그러면 나는 나의 마음을 가지고, 님의 주시는 고통을 사랑하겠습니다.

나의 노래

나의 노랫가락의 고저장단은 대중이 없습니다.

그래서 세속의 노래 곡조와는 조금도 맞지 않습니다.

그러나 나는 나의 노래가 세속 곡조에 맞지 않는 것을 조금도 애닲아 하지 않습니다.

나의 노래는 세속의 노래와 다르지 아니하면 아니 되는 까닭입니다.

곡조는 노래의 결함을 억지로 조절하려는 것입니다.

곡조는 부자연한 노래를 사람의 망상으로 도막쳐 놓는 것입니다.

참된 노래에 곡조를 붙이는 것은 노래의 자연에 치욕입니다.

님의 얼굴에 단장을 하는 것이 도리어 험이 되는 것과 같이, 나의 노래에 곡조를 붙이면 도리어 결점이 됩니다.

나의 노래는 사랑의 신을 울립니다.

나의 노래는 처녀의 청춘을 쥡싸서, 보기도 어려운 맑은 물을 만듭니다.

나의 노래는 님의 귀에 들어가서는 천국의 음악이 되고, 님의 꿈에 들어가서는 눈물이 됩니다.

나의 노래가 산과 들을 지나서, 멀리 계신 님에게 들리는 줄을 나는 압니다.

나의 노랫가락이 바르르 떨다가 소리를 이루지 못할 때에 나의 노래가 님의 눈물겨운 고요한 환상으로 들어가서 사라지는 것을 나는 분명히 압니다.

나는 나의 노래가 님에게 들리는 것을 생각할 때에, 광영에 넘치는 나의 적은 가슴은 발발발 떨면서 침묵의 음보(音譜)를 그립니다.

잠 없는 꿈

나는 어느 날 밤에 잠 없는 꿈을 꾸었습니다.

'나의 님은 어데 있어요, 나는 님을 보러 가겠습니다. 님에게 가는 길을 가져다가 나에게 주서요, 검이여.'

'너의 가려는 길은 너의 님의 오려는 길이다. 그 길을 가져다 너에게 주면, 너의 님은 올 수가 없다.'

'내가 가기만 하면, 님은 아니 와도 관계가 없습니다.'

'너의 님의 오려는 길을 너에게 갖다 주면, 너의 님은 다른 길로 오게 된다. 네가 간대도 너의 님을 만날 수가 없다.'

'그러면 그 길을 가져다가 나의 님에게 주서요.'

'너의 님에게 주는 것이 너에게 주는 것과 같다. 사람마다 저의 길이 각각 있는 것이다.'

'그러면 어찌하여야 이별한 님을 만나보겠습니까.'

'네가 너를 가져다가 너의 가려는 길에 주어라. 그러하고 쉬지 말고 가거라.'

'그리할 마음은 있지마는, 그 길에는 고개도 많고 물도 많습니다. 갈 수가 없습니다.'

검은 '그러면 너의 님을 가슴에 안겨주마.' 하고 나의 님을 나에게 안겨 주었습니다.

나는 나의 님을 힘껏 껴안았습니다.

나의 팔이 나의 가슴을 아프도록 다칠 때에, 나의 두 팔에 베여진 허공은 나의 팔을 뒤에 두고 이어졌습니다.

사랑의 존재

사랑을 '사랑' 이라고 하면, 벌써 사랑은 아닙니다.

사랑을 이름지을 만한 말이나 글이 어데 있습니까.

미소에 눌려서 괴로운 듯한 장미빛 입술인들, 그것을 스칠 수가 있습니까.

눈물의 뒤에 숨어서 슬픔의 흑암면(黑闇面)을 반사하는 가을 물결의 눈인들, 그것을 비출 수가 있습니까.

그림자 없는 구름을 거쳐서, 메아리 없는 절벽을 거쳐서, 마음이 갈 수 없는 바다를 거쳐서, 존재? 존재입니다.

그 나라는 국경이 없습니다. 수명은 시간이 아닙니다.

사랑의 존재는 님의 눈과 님의 마음도 알지 못합니다.

사랑의 비밀은 다만 님의 수건에 수놓는 바늘과, 님의 심으신 꽃나무와, 님의 잠과, 시인의 상상과, 그들만이 압니다.

착인(錯認)

나려오셔요, 나의 마음이 자릿자릿하여요, 곧 나려오셔요.

사랑하는 님이여, 어찌 그렇게 높고 가는 나뭇가지 위에서 춤을 추셔요.

두 손으로 나뭇가지를 단단히 붙들고 고이고이 나려오셔요.

에그 저 나무 잎새가 연꽃 봉오리 같은 입술을 스치겠네, 어서 나려오셔요.

'네네 나려가고 싶은 마음이 잠자거나 죽은 것은 아닙니다마는, 나는 아시는 바와 같이 여러 사람의 님인 때문이어요. 향기로운 부르심을 거스르고자 하는 것은 아닙니다.' 고 버들가지에 걸린 반달은 해쭉해쭉 웃으면서 이렇게 말하는 듯하였습니다.

나는 적은 풀잎만치도 가림이 없는 발가벗은 부끄럼을 두 손으로 움켜쥐고, 빠른 걸음으로 잠자리에 들어가서 눈을 감고 누웠습니다.

나려오지 않는다던 반달이 사뿐사뿐 걸어와서, 창 밖에 숨어서 나의 눈을 엿봅니다.

부끄럽던 마음이 갑자기 무서워서 떨려집니다.

꿈과 근심

밤 근심이 하 길기에
꿈도 길 줄 알았더니
님을 보러 가는 길에
반도 못 가서 깨었고나.

새벽 꿈이 하 짜룹기에
근심도 짧을 줄 알았더니
근심에서 근심으로
끝간 데를 모르겠다.

만일 님에게도
꿈과 근심이 있거든
차라리
근심이 꿈 되고 꿈이 근심 되어라.

2부 님의 침묵

님의 손길

님의 사랑은 강철을 녹이는 불보다도 뜨거운데, 님의 손길은 너무 차서 한도가 없습니다.

나는 이 세상에서 서늘한 것도 보고, 찬 것도 보았습니다. 그러나 님의 손길같이 찬 것은 볼 수가 없습니다.

국화 핀 서리 아침에 떨어진 잎새를 울리고 오는, 가을 바람도 님의 손길보다는 차지 못합니다.

달이 적고 별에 뿔나는 겨울밤에, 얼음 위에 쌓인 눈도 님의 손길보다는 차지 못합니다.

감로와 같이 청량한 선사의 설법도 님의 손길보다는 차지 못합니다.

나의 적은 가슴에 타오르는 불꽃은 님의 손길이 아니고는 끄는 수가 없습니다.

님의 손길의 온도를 측량할 만한 한란계는 나의 가슴밖에는 아무데도 없습니다.

님의 사랑은 불보다도 뜨서워서, 근심 신(山)을 태우고 한(恨) 바다를 말리는데, 님의 손길은 너무도 차서 한도가 없습니다.

첫키스

마셔요 제발 마셔요

보면서 못 보는 체 마셔요

마셔요 제발 마셔요

입술을 다물고 눈으로 말하지 마셔요

마셔요 제발 마셔요

뜨거운 사랑에 웃으면서 차디찬 잔 부끄럼에 울지 마셔요

마셔요 제발 마셔요

세계의 꽃을 혼자 따면서 항분(亢奮)에 넘쳐서 떨지 마셔요

마셔요 제발 마셔요

미소는 나의 운명의 가슴에서 춤을 춥니다. 새삼스럽게 스스러
워 마셔요

참아 주셔요

나는 당신을 이별하지 아니할 수가 없습니다. 님이여, 나의 이별을 참아 주셔요.

당신은 고개를 넘어갈 때에, 나를 돌아보지 마셔요. 나의 몸은 한 적은 모래 속으로 들어가려 합니다.

님이여, 이별을 참을 수가 없거든, 나의 죽음을 참아 주셔요.

나의 생명의 배는 부끄럼의 땀의 바다에서, 스스로 폭침(爆沈)하려 합니다. 님이여, 님의 입김으로 그것을 불어서, 속히 잠기게 하여 주셔요. 그리고 그것을 웃어 주셔요.

님이여, 나의 죽음을 참을 수가 없거든, 나를 사랑하지 말아 주셔요. 그리하고 나로 하여금 당신을 사랑할 수 없도록 하여 주셔요.

나의 몸은 터럭 하나도 빼지 아니한 채로, 당신의 품에 사라지겠습니다.

님이여, 당신과 내가 사랑의 속에서, 하나가 되는 것을 참아 주셔요. 그리하여 당신은 나를 사랑하지 말고, 나로 하여금 당신을 사랑할 수가 없도록 하여 주셔요. 오오 님이여.

복 종

남들은 자유를 사랑한다지마는, 나는 복종을 좋아하여요.

자유를 모르는 것은 아니지만, 당신에게는 복종만 하고 싶어요.

복종하고 싶은데 복종하는 것은 아름다운 자유보다도 달금합니다, 그것이 나의 행복입니다.

그러나 당신이 나더러 다른 사람을 복종하라면 그것만은 복종할 수가 없습니다.

다른 사람을 복종하려면, 당신에게 복종할 수가 없는 까닭입니다.

당신을 보았습니다

당신이 가신 뒤로 나는 당신을 잊을 수가 없습니다.

까닭은 당신을 위하느니보다 나를 위함이 많습니다.

나는 갈고 심을 땅이 없으므로 추수가 없습니다.

저녁거리가 없어서 조나 감자를 꾸러 이웃집에 갔더니, 주인은 '거지는 인격이 없다. 인격이 없는 사람은 생명이 없다. 너를 도와주는 것은 죄악이다.' 고 말하였습니다.

그 말을 듣고 돌아나올 때에, 쏟아지는 눈물 속에서 당신을 보았습니다.

나는 집도 없고 다른 까닭을 겸하여 민적(民籍)이 없습니다.

'민적 없는 자는 인권이 없다. 인권이 없는 너에게 무슨 정조냐.' 하고 능욕하려는 장군이 있었습니다.

그를 항거한 뒤에, 남에게 대한 격분이 스스로의 슬픔으로 화하는 찰나에 당신을 보았습니다.

아마 온갖 윤리, 도덕, 법률은 칼과 황금을 제사지내는 연기인 줄을 알았습니다.

영원의 사랑을 받을까, 인간 역사의 첫 페이지에 잉크칠을 할까, 술을 마실까 망설일 때에 당신을 보았습니다.

정천한해(情天恨海)

가을 하늘이 높다기로
정(情)하늘을 따를소냐.
봄 바다가 깊다기로
한(恨)바다만 못하리라.

높고 높은 정하늘이
싫은 것은 아니지만
손이 낮아서
오르지 못하고
깊고 깊은 한바다가
병될 것은 없지마는
다리가 짧아서
건너지 못한다.

손이 자라서 오를 수만 있으면
정하늘은 높을수록 아름답고,
다리가 길어서 건널 수만 있으면
한바다는 깊을수록 묘하니라.

만일 정하늘이 무너지고 한바다가 마른다면
차라리 정천(情天)에 떨어지고 한해(恨海)에 빠지리라.

아아 정하늘이 높은 줄만 알았더니
님의 이마보다는 낮다.
아아 한바다가 깊은 줄만 알았더니
님의 무릎보다는 옅다.

손이야 낮든지 다리야 짜릅던지
정하늘에 오르고 한바다를 건너려면
님에게만 안기리라.

님의 침묵

님은 갔습니다. 아아 사랑하는 나의 님은 갔습니다.

푸른 산빛을 깨치고 단풍나무숲을 향하여 난 적은 길을 걸어서 차마 떨치고 갔습니다.

황금의 꽃같이 굳고 빛나던 옛 맹서는 차디찬 티끌이 되어서, 한숨의 미풍에 날아갔습니다.

날카로운 첫 '키스'의 추억은 나의, 운명의 지침을 돌려놓고, 뒷걸음쳐서, 사라졌습니다.

나는 향기로운 님의 말소리에 귀먹고, 꽃다운 님의 얼굴에 눈멀었습니다.

사랑도 사람의 일이라, 만날 때에 미리 떠날 것을 염려하고 경계하지 아니한 것은 아니지만, 이별은 뜻밖의 일이 되고 놀란 가슴은 새로운 슬픔에 터집니다.

그러나 이별을 쓸데없는 눈물의 원천을 만들고마는 것은 스스로 사랑을 깨치는 것인 줄 아는 까닭에, 걷잡을 수 없는 슬픔의 힘을 옮겨서 새 희망의 정수박이에 들이부었습니다.

우리는 만날 때에 떠날 것을 염려하는 것과 같이, 떠날 때에 다시 만날 것을 믿습니다.

아아 님은 갔지마는 나는 님을 보내지 아니하였습니다.

제 곡조를 못 이기는 사랑의 노래는 님의 침묵을 휩싸고 돕니다.

희미한 졸음이 활발한 님의 발자취 소리에 놀라 깨어, 무거운 눈썹을 이기지 못하면서 창을 열고 내다보았습니다.

동풍에 몰리는 소낙비는 산모롱이를 지나가고, 뜰 앞의 파초잎 위에 빗소리의 남은 음파가 그네를 뜁니다.

감정과 이지가 마주치는 찰나에, 인면(人面)의 악마와 수심(獸心)의 천사가 보이려다 사라집니다.

흔들어 빼는 님의 노랫가락에, 첫 잠든 어린 잔나비의 애처로운 꿈이, 꽃 떨어지는 소리에 깨었습니다.

죽은 밤을 지키는 외로운 등잔불의 구슬꽃이, 제 무게를 이기지 못하여 고요히 떨어집니다.

미친 불에 타오르는 불쌍한 영(靈)은 절망의 북극에서 신세계를 탐험합니다.

사막의 꽃이여 그믐밤의 만월이여 님의 얼굴이여.

피려는 장미화는 아니라도, 갈지 않은 백옥인 순결한 나의 입술은, 미소에 복욕 삼는 그 입술에 채 닿지 못하였습니다.

움직이지 않는 달빛에 눌리운 창에는, 저의 털을 가다듬는 고양이의 그림자가 오르락나리락합니다.

　아아 불(佛)이냐 마(魔)냐 인생이 티끌이냐 꿈이 황금이냐.

　적은 새여, 바람에 흔들리는 약한 가지에서 잠자는 적은 새여.

해당화

당신은 해당화 피기 전에 오신다고 하였습니다. 봄은 벌써 늦었습니다.

봄이 오기 전에는 어서 오기를 바랐더니, 봄이 오고 보니 너무 일찍 왔나 두려합니다.

철모르는 아이들은 뒷동산에 해당화가 피었다고, 다투어 말하기로 듣고도 못 들은 체하였더니,

야속한 봄바람은 나는 꽃을 불어서 경대 위에 놓입니다그려.

시름 없이 꽃을 주워서 입술에 대이고, '너는 언제 피었니.' 하고 물었습니다.

꽃은 말도 없이 나의 눈물에 비쳐서, 둘도 되고 셋도 됩니다.

어느 것이 참이냐

엷은 사(紗)의 장막이 적은 바람에 휘둘려서 처녀의 꿈을 휩싸이듯이, 자취도 없는 당신의 사랑은 나의 청춘을 휘감습니다.

발딱거리는 어린 피는 고요하고 맑은 천국의 음악에 춤을 추고 헐떡이는 적은 영(靈)은 소리 없이 떨어지는 천화(天花)의 그늘에 잠이 듭니다.

가는 봄비가 드린 버들에 둘려서 푸른 연기가 되듯이, 끝도 없는 당신의 청(淸)실이 나의 잠을 얽습니다.

바람을 따라가려는 짧은 꿈은 이불 안에서 몸부림치고, 강 건너 사람을 부르는 바쁜 잠꼬대는 목 안에서 그네를 뜁니다.

비긴 달빛이 이슬에 젖은 꽃수풀을 싸라기처럼 부시듯이 당신의 떠난 한(恨)은 드는 칼이 되어서, 나의 애를 도막도막 끊어 놓았습니다.

문밖의 시냇물은 물결을 보태려고, 나의 눈물을 받으면서 흐르지 않습니다.

봄동산의 미친 바람은 꽃 떨어뜨리는 힘을 더하려고, 나의 한숨을 기다리고 섰습니다.

선사(禪師)의 설법

나는 선사의 설법을 들었습니다.

'너는 사랑의 쇠사슬에 묶여서 고통을 받지 말고, 사랑의 줄을
끊어라. 그러면 너의 마음이 즐거우리라.' 고

그 선사는 어지간히 어리석습니다.

사랑의 줄에 묶이운 것이 아프기는 아프지만, 사랑의 줄을 끊으
면 죽는 것보다도 더 아픈 줄을 모르는 말입니다.

사랑의 속박은 단단히 얽어매는 것이 풀어주는 것입니다.

그러므로 대해탈은 속박에서 얻은 것입니다.

님이여, 나를 얽은 님의 사랑의 줄이 약할까봐서, 나의 님을 사
랑하는 줄을 곱들였습니다.

비 방

세상은 비방도 많고 시기도 많습니다.

당신에게 비방과 시기가 있을지라도 관심치 마셔요.

비방을 좋아하는 사람들은 태양에 흑점이 있는 것도 다행으로 생각합니다.

당신에게 대하여는 비방할 것이 없는 그것을 비방할는지 모르겠습니다.

조는 사자를 죽은 양이라고 할지언정, 당신이 시련을 받기 위하여 도적에게 포로가 되었다고 그것을 비겁이라고 할 수는 없습니다.

달빛을 갈꽃으로 알고 흰 모래 위에서 갈매기를 이웃하여 잠자는 기러기를 음란하다고 할지언정, 정직한 당신이 교활한 유혹에 속혀서 청루(靑樓)에 들어갔다고, 당신을 지조가 없다고 할 수는 없습니다.

당신에게 비방과 시기가 있을지라도 관심치 마셔요.

비

비는 가장 큰 권위를 가지고, 가장 좋은 기회를 줍니다.

비는 해를 가리고, 세상 사람의 눈을 가립니다.

그러나 비는 번개와 무지개를 가리지 않습니다.

나는 번개가 되어 무지개를 타고, 당신에게 가서 사랑의 팔에 감기고자 합니다.

비 오는 날, 가만히 가서 당신의 침묵을 가져온대도, 당신의 주인은 알 수가 없습니다.

만일 당신이 비 오는 날에 오신다면, 나는 연잎으로 윗옷을 지어서 보내겠습니다.

당신 비 오는 날에 연잎 옷을 입고 오시면 이 세상에는 알 사람이 없습니다.

당신이 비 가운데로 가만히 오셔서, 나의 눈물을 가져 가신대도, 영원한 비밀이 될 것입니다.

비는 가장 큰 권위를 가지고, 가장 좋은 기회를 줍니다.

포 도 주

가을 바람과 아침 볕에 마치맞게 익은 향기로운 포도를 따서 술
을 빚었습니다. 그 술 고이는 향기는 가을 하늘을 물들입니다.
님이여, 그 술을 연잎 잔에 가득히 부어서 님에게 드리겠습니다.
님이여, 떨리는 손을 거쳐서 타오르는 입술을 축이셔요.

님이여, 그 술은 한밤을 지나면 눈물이 됩니다.
아아 한밤을 지나면 포도주가 눈물이 되지마는, 또 한밤을 지나
면 나의 눈물이 다른 포도주가 됩니다. 오오 님이여.

님의 얼굴

님의 얼굴을 '어여쁘다'고 하는 말은 적당한 말이 아닙니다.

어여쁘다는 말은 인간 사람의 얼굴에 대한 말이요, 님은 인간의 것이라고 할 수가 없을 만치 어여쁜 까닭입니다.

자연은 어찌하여 그렇게 어여쁜 님을 인간으로 보냈는지, 아무리 생각하여도 알 수가 없습니다.

알겠습니다. 자연의 가운데에는 님의 짝이 될 만한 무엇이 없는 까닭입니다.

님의 입술 같은 연꽃이 어데 있어요. 님의 살빛 같은 백옥이 어데 있어요.

봄 호수에서 님의 눈결 같은 잔물결을 보았습니까. 아침 볕에서 님의 미소 같은 방향(芳香)을 들었습니까.

천국의 음악은 님의 노래의 반향(反響)입니다. 아름다운 별들은 님의 눈빛의 화현(化現)입니다.

아아 나는 님의 그림자여요.

님은 님의 그림자밖에는 비길 만한 것이 없습니다.
님의 얼굴을 어여쁘다고 하는 말은 적당한 말이 아닙니다.

논개의 애인이 되어서 그의 묘에

날과 밤으로 흐르고 흐르는 남강(南江)은 가지 않습니다.

바람과 비에 우두커니 섰는 촉석루는 살 같은 광음(光陰)을 따라서 달음질칩니다.

논개여, 나에게 울음과 웃음을 동시에 주는 사랑하는 논개여.

그대는 조선의 무덤 가운데 피었던 좋은 꽃의 하나이다. 그래서 그 향기는 썩지 않는다.

나는 시인으로 그대의 애인이 되었노라.

그대는 어데 있느뇨. 죽지 않은 그대가 이 세상에는 없고나.

나는 황금의 칼에 베혀진, 꽃과 같이 향기롭고 애처로운 그대의 당년(當年)을 회상한다.

술 향기에 목마친 고요한 노래는 옥(獄)에 묻힌 썩은 칼을 울렸다.

춤추는 소매를 안고 도는 무서운 찬바람은 귀신나라의 꽃수풀을 거쳐서 떨어지는 해를 얼렸다.

가냘픈 그대의 마음은 비록 침착하였지만, 떨리는 것보다도 더욱 무서웠다.

아름답고 무독(無毒)한 그대의 눈은 비록 웃었지만, 우는 것보다도 더욱 슬펐다.

붉은 듯하다가 푸르고 푸른 듯하다가 희어지며, 가늘게 떨리는 그대의 입술은 웃음의 조운(朝雲)이냐, 울음의 모우(暮雨)이냐, 새벽달의 비밀이냐, 이슬꽃의 상징이냐.

빠비 같은 그대의 손에 꺾기우지 못한 낙화대(落花臺)의 남은 꽃은 부끄럼에 취하여 얼굴이 붉었다.

옥 같은 그대의 발꿈치에 밟히운, 강언덕의 묵은 이끼는 교긍(驕矜)에 넘쳐서 푸른 사롱(紗籠)으로 자기의 제명(題名)을 가리었다.

아아 나는 그대도 없는 빈 무덤 같은 집을 그대의 집이라고 부릅니다.

만일 이름뿐만이나마 그대의 집도 없으면, 그대의 이름을 불러볼 기회가 없는 까닭입니다.

나는 꽃을 사랑합니다마는, 그대의 집에 피어 있는 꽃을 꺾을 수는 없습니다.

그대의 집에 피어 있는 꽃을 꺾으려면, 나의 창자가 먼저 꺾어지는 까닭입니다.

나는 꽃을 사랑합니다마는, 그대의 집에 꽃을 심을 수는 없습니다.

그대의 집에 꽃을 심으려면, 나의 가슴에 가시가 먼저 심어지는 까닭입니다.

용서하여요, 논개여, 금석(金石) 같은 굳은 언약을 저버린 것은 그대가 아니요, 나입니다.

용서하여요, 논개여, 쓸쓸하고 호젓한 잠자리에 외로이 누워서, 끼친 한(恨)에 울고 있는 것은 내가 아니요, 그대입니다.

나의 가슴에 '사랑'의 글자를 황금으로 새겨서, 그대의 사당에 기념비를 세운들 그대에게 무슨 위로가 되오리까.

나의 노래에 '눈물'의 곡조를 낙인으로 찍어서 그대의 사당에 제종(祭鍾)을 울린대도 나에게 무슨 속죄가 되오리까.

나는 다만 그대의 유언대로, 그대에게 다하지 못한 사랑을 영원히 다른 여자에게 주지 아니할 뿐입니다. 그것은 그대의 얼굴과 같이 잊을 수가 없는 맹서입니다.

용서하여요, 논개여, 그대가 용서하면, 나의 죄는 신에게 참회를 아니한대도 사라지겠습니다.

천추(千秋)에 죽지 않는 논개여.
하루도 살 수 없는 논개여.

그대를 사랑하는 나의 마음이 얼마나 즐거우며, 얼마나 슬프겠
는가.
나는 웃음이 겨워서 눈물이 되고, 눈물이 겨워서 웃음이 됩니다.
용서하여요, 사랑하는 오오 논개여.

잠 꼬 대

"사랑이라는 것은 다 무엇이냐, 진정한 사람에게는 눈물도 없고 웃음도 없는 것이다.

사랑의 뒤웅박을 발길로 차서 깨뜨려버리고, 눈물과 웃음을 티끌 속에 합장(合葬)을 하여라.

이지(理智)와 감정을 두드려 깨쳐서 가루를 만들어 버려라.

그러고 허무의 절정에 올라가서 어지럽게 춤추고 미치게 노래하여라.

그러고 애인과 악마를 똑같이 술을 먹여라.

그러고 천치가 되든지 미치광이가 되든지 산 송장이 되든지 하여 버려라.

그래 너는 죽어도 사랑하는 것은 버릴 수가 없단 말이냐.

그렇거든 사랑의 꽁무니에 도롱태를 달아라.

그래서 네 멋대로 끌고 돌아다니다가, 쉬고 싶으거든 쉬고, 자고 싶으거든 자고, 살고 싶으거든 살고, 죽고 싶으거든 죽어라.

사랑의 발바닥에 발목을 쳐놓고, 붙들고 서서 엉엉 우는 것은 우스운 일이다.

이 세상에는 이마빡에다 '님'이라고 새기고 다니는 사람은 하나도 없다.

연애는 절대자유요, 정조는 유동(流動)이요, 결혼식장은 임간(林間)이다."

나는 잠결에 큰소리에 이렇게 부르짖었다.

아아 감성(惑星)같이 빛나는 님의 미소는 흑음(黑闇)의 광선에서 채 사라지지 아니하였습니다.

잠의 나라에서 몸부림치던 사랑의 눈물은 어느덧 베개를 적셨습니다.

용서하셔요, 님이여. 아무리 잠이 지은 허물이라도, 님이 벌을 주신다면, 그 벌을 잠을 주기는 싫습니다.

참말인가요

그것이 참말인가요, 님이여, 속임 없이 말씀하여 주셔요.

당신을 나에게서 빼앗아간 사람들이 당신을 보고, '그대는 님이 없다.'고 하였다지요.

그래서 당신은 남모르는 곳에서 울다가, 남이 보면 울음을 웃음으로 변한다지요.

사람의 우는 것은 견딜 수가 없는 것인데, 울기조차 마음대로 못하고 웃음으로 변하는 것은 죽음의 맛보다도 더 쓴 것입니다.

그러면 나는 그것을 변명하지 않고는 견딜 수가 없습니다.

나의 생명의 꽃가지를 있는 대로 꺾어서, 화환을 만들어 당신의 몸에 걸고, '이것이 님의 님이라.'고 소리쳐 말하겠습니다.

그것이 참말인가요, 님이여, 속임 없이 말씀하여 주셔요.

당신을 나에게서 빼앗아간 사람들이 당신을 보고, '그대의 님은 우리가 구하여 준다.'고 하였다지요.

그래서 당신은, '독신 생활을 하겠다.'고 하였다지요.

그러면 나는 그들에게 분풀이를 하지 않고는 견딜 수가 없습니다.

많지 않은 나의 피를 더운 눈물에 섞어서, 피에 목마른 그들의 칼에 뿌리고, '이것이 님의 님이라.'고 울음 섞어서 말하겠습니다.

꿈이라면

사랑의 속박이 꿈이라면
출세의 해탈도 꿈입니다.
웃음과 눈물이 꿈이라면
무심의 광명도 꿈입니다.
일체만법(一切萬法)이 꿈이라면
사랑의 꿈에서 불멸을 얻겠습니다.

찬 송

님이여, 당신은 백 번이나 단련한 금결입니다.
뽕나무 뿌리가 산호가 되도록 천국의 사랑을 받읍소서.
님이여, 사랑이여, 아침 볕의 첫걸음이여.

님이여, 당신은 의(義)가 무거웁고, 황금이 가벼운 것을 잘 아십니다.
거지의 거친 밭에 복의 씨를 뿌리옵소서
님이여, 사랑이여, 옛 오동의 숨은 소리여.

님이여, 당신은 봄과 광명과 평화를 좋아하십니다.
약자의 가슴에 눈물을 뿌리는 자비의 보살이 되옵소서.
님이여. 사랑이여, 얼음바다에 봄바람이여.

금 강 산

만이천봉! 무양(無恙)하냐, 금강산아.

너는 너의 님이 어데서 무엇을 하는지 아느냐.

너의 님은 너 때문에 가슴에서 타오르는 불꽃에, 온갖 종교, 철학, 명예, 재산, 그 외에도 있으면 있는 대로 태워 버리는 줄을 너는 모르리라.

너는 꽃에 붉은 것이 너냐.

너는 잎에 푸른 것이 너냐.

너는 단풍에 취한 것이 너냐.

너는 백설에 깨인 것이 너냐.

나는 너의 침묵을 잘 안다.

너는 철모르는 아이들에게 종작 없는 찬미를 받으면서, 시쁜 웃음을 참고 고요히 있는 줄을 나는 잘 안다.

그러나 너는 천당이나 지옥이나 하나만 가지고 있으려무나.

꿈 없는 잠처럼 깨끗하고 단순하란 말이다.

나도 짧은 갈궁이로 강 건너의 꽃을 꺾는다고, 큰 말하는 미친 사람은 아니다. 그래서 침착하고 단순하려고 한다.

　나는 너의 입김에 불려오는 조각 구름에 키스한다.

　만이천봉! 무양하냐, 금강산아.

　너는 너의 님이 어데서 무엇을 하는지 모르지.

후 회

당신이 계실 때에 알뜰한 사랑을 못하였습니다.

사랑보다 믿음이 많고, 즐거움보다 조심이 더하였습니다.

게다가 나의 성격이 냉담하고 더구나 가난에 쫓겨서, 병들어 누운 당신에게 도리어 소활(疎闊)하였습니다.

그러므로 당신이 가신 뒤에, 떠난 근심보다 뉘우치는 눈물이 많습니다.

심은 버들

뜰 앞에 버들을 심어
님의 말을 매렸더니
님은 가실 때에
버들을 꺾어 말 채찍을 하였습니다.

버들마다 채찍이 되어서
님을 따르는 나의 말도 채칠까 하였더니
남은 가지 천만사(千萬絲)는
해마다 해마다 보낸 한(恨)을 잡아맵니다.

달을 보며

달은 밝고 당신이 하도 기루었습니다.

자던 옷을 고쳐 입고, 뜰에 나와 퍼지르고 앉아서, 달을 한참 보았습니다.

달은 차차차 당신의 얼굴이 되더니 넓은 이마, 둥근 코, 아름다운 수염이 역력히 보입니다.

간 해에는 당신의 얼굴이 달로 보이더니, 오늘 밤에는 달이 당신의 얼굴이 됩니다.

당신의 얼굴이 달이기에 나의 얼굴도 달이 되었습니다.

나의 얼굴은 그믐달이 된 줄을 당신이 아십니까.

아아 당신의 얼굴이 달이기에 나의 얼굴도 달이 되었습니다.

그를 보내며

그는 간다, 그가 가고 싶어서 가는 것도 아니요, 내가 보내고 싶어서 보내는 것도 아니지만, 그는 간다.

그의 붉은 입술, 흰 이, 가는 눈썹이 어여쁜 줄만 알았더니, 구름 같은 뒷머리, 실버들 같은 허리, 구슬 같은 발꿈치가 보다도 아름답습니다.

걸음이 걸음보다 멀어지더니, 보이려다 말고, 말려다 보인다.

사람이 멀어질수록 마음은 가까워지고, 마음이 가까워질수록 사람은 멀어진다.

보이는 듯한 것이 그의 흔드는 수건인가 하였더니, 갈매기보다도 적은 조각 구름이 난다.

낙원은 가시덤불에서

죽은 줄 알았던 매화나무 가지에, 구슬 같은 꽃방울을 맺혀 주는 쇠잔한 눈 위에, 가만히 오는 봄 기운은 아름답기도 합니다.

그러나 그 밖에 다른 하늘에서 오는 알 수 없는 향기는, 모든 꽃의 죽음을 가지고 다니는 쇠잔한 눈이 주는 줄을 아십니까.

구름은 가늘고 시냇물은 옅고 가을산은 비었는데, 파리한 바위 사이에 실컷 붉은 단풍은 곱기도 합니다.

그러나 단풍은 노래도 부르고 울음도 웁니다. 그러한 '자연의 인생'은 가을 바람의 꿈을 따라 사라지고 기억에만 남아 있는, 지난 여름의 무르녹은 녹음이 주는 줄을 아십니까.

일경초(一莖草)가 장륙금신(丈六金身)이 되고, 장륙금신이 일경초가 됩니다.

천지는 한 보금자리요, 만유(萬有)는 같은 소도(小島)입니다.

나는 자연의 거울에 인생을 비춰 보았습니다.

고통의 가시덤불 뒤에, 환희의 낙원을 건설하기 위하여 님을 떠난, 나는 아아 행복입니다.

거짓 이별

당신과 나와 이별한 때가 언제인지 아십니까.

가령 우리가 좋을 대로 말하는 것과 같이, 거짓 이별이라 할지라도 나의 입술이 당신의 입술에 닿지 못하는 것은 사실입니다.

이 거짓 이별은 언제나 우리에게서 떠날 것인가요.

한 해 두 해 가는 것이 얼마 아니된다고 할 수가 없습니다.

시들어가는 두 볼의 도화(桃花)가 무정한 봄바람에 몇 번이나 스쳐서 낙화가 될까요.

회색이 되어가는 두 귀 밑의 푸른 구름이, 쪼이는 가을 볕에 얼마나 바래서 백설(白雪)이 될까요.

머리는 희어가도 마음은 붉어갑니다.

피는 식어가도 눈물은 더워갑니다.

사랑의 언덕엔 사태가 나도 희망의 바다엔 물결이 뛰놀아요.

이른바 거짓 이별이 언제든지 우리에게서 떠날 줄만은 알아요.

그러나 한 손으로 이별을 가지고 가는 날(日)은 또 한 손으로 죽음을 가지고 와요.

사랑하는 까닭

내가 당신을 사랑하는 것은 까닭이 없는 것이 아닙니다.

다른 사람들은 나의 홍안만을 사랑하지마는, 당신은 나의 백발도 사랑하는 까닭입니다.

내가 당신을 기루어하는 것은 까닭이 없는 것이 아닙니다.

다른 사람들은 나의 미소만을 사랑하지마는, 당신은 나의 눈물도 사랑하는 까닭입니다.

내가 당신을 기다리는 것은 까닭이 없는 것이 아닙니다.

다른 사람들은 나의 건강만을 사랑하지마는, 당신은 나의 죽음도 사랑하는 까닭입니다.

당신의 편지

당신의 편지가 왔다기에, 꽃밭 매던 호미를 놓고 떼어 보았습니다.
그 편지는 글씨는 가늘고 글줄은 많으나, 사연은 간단합니다.
만일 님이 쓰신 편지이면, 글은 짧을지라도 사연은 길 터인데.

당신의 편지가 왔다기에 바느질 그릇을 치워 놓고 떼어 보았습니다.
그 편지는 나에게 잘 있느냐고만 묻고, 언제 오신다는 말은 조금도 없습니다.
만일 님이 쓰신 편지이면 나의 일은 묻지 않더래도, 언제 오신다는 말을 먼저 썼을 터인데.

당신의 편지가 왔다기에, 약을 달이다 말고 떼어 보았습니다.
그 편지는 당신의 주소는 다른 나라의 군함입니다.
만일 님이 쓰신 편지이면 남의 군함에 있는 것이 사실이라 할지라도, 편지에는 군함에서 떠났다고 하였을 터인데.

꽃이 먼저 알아

옛집을 떠나서 다른 시골에 봄을 만났습니다.
꿈은 이따금 봄바람을 따라서 아득한 옛터에 이릅니다.
지팡이는 푸르고 푸른 풀빛에 묻혀서, 그림자와 서로 따릅니다.

길가에서 이름도 모르는 꽃을 보고서, 행여 근심을 잊을까 하고 앉았습니다.
꽃송이에는 아침 이슬이 아직 마르지 아니한가 하였더니, 아아 나의 눈물이 떨어진 줄이야 꽃이 먼저 알았습니다.

3부 당신의 마음

눈 물

내가 본 사람 가운데는, 눈물을 진주라고 하는 사람처럼 미친 사람은 없습니다.

그 사람은 피를 홍보석(紅寶石)이라고 하는 사람보다도, 더 미친 사람입니다.

그것은 연애에 실패하고 흑음(黑闇)의 기로에서 헤매는 늙은 처녀가 아니면, 신경이 기형적으로 된 시인의 말입니다.

만일 눈물이 진주라면 님이 신물(信物)로 주신 반지를 내놓고는, 세상의 진주라는 진주는 다 티끌 속에 묻어 버리겠습니다.

나는 눈물로 장식한 옥패를 보지 못하였습니다.

나는 평화의 잔치에 눈물의 술을 마시는 것을 보지 못하였습니다.

내가 본 사람 가운데는, 눈물을 진주라고 하는 사람처럼 어리석은 사람은 없습니다.

아니어요, 님의 주신 눈물은 진주 눈물이어요.

나는 나의 그림자가 나의 몸을 떠날 때까지, 님을 위하여 진주 눈물을 흘리겠습니다.

아아 나는 날마다 날마다 눈물의 선경(仙境)에서 한숨의 옥적
(玉笛)을 듣습니다.

나의 눈물은 백천(百千) 줄기라도, 방울방울이 창조입니다.

눈물의 구슬이여, 한숨의 봄바람이여, 사랑의 성전을 장엄하는
무등등(無等等)의 보물이여.

아아 언제나 공간과 시간을 눈물로 채워서 사랑의 세계를 완성
할까요.

최초의 님

맨 첨에 만난 님과 님은 누구이며 어느 때인가요.

맨 첨에 이별한 님과 님은 누구이며 어느 때인가요.

맨 첨에 만난 님과 님이 맨 첨으로 이별하였습니까, 다른 님과 님이 맨 첨으로 이별하였습니까.

나는 맨 첨에 만난 님과 님이 맨 첨으로 이별한 줄로 압니다.

만나고 이별이 없는 것은 님이 아니라 나입니다.

이별하고 만나지 않는 것은 님이 아니라 길 가는 사람입니다.

우리들은 님에 대하여 만날 때에 이별을 염려하고, 이별할 때에 만남을 기약합니다.

그것은 맨 첨에 만난 님과 님이 다시 이별한 유전성의 흔적입니다.

그러므로 만나지 않는 것도 님이 아니요, 이별이 없는 것도 님이 아닙니다.

님은 만날 때에 웃음을 주고, 떠날 때에 눈물을 줍니다.

만날 때의 웃음보다 떠날 때의 눈물이 좋고, 떠날 때의 눈물보다 다시 만나는 웃음이 좋습니다.

아아 님이여, 우리의 다시 만나는 웃음은 어느 때에 있습니까.

만 족

세상에 만족이 있느냐, 인생에게 만족이 있느냐.
있다면 나에게도 있으리라.

세상에 만족이 있기는 있지마는, 사람의 앞에만 있다.
거리는 사람의 팔길이와 같고, 속력은 사람의 걸음과 비례가 된다.
만족은 잡을래야 잡을 수도 없고, 버릴래야 버릴 수도 없다.
만족을 얻고 보면 얻은 것은 불만족이요, 만족은 의연히 앞에
있다.
만족은 우자(愚者)나 성자(聖者)의 주관적 소유가 아니면, 약자
의 기대뿐이다.
만족은 언제든지 인생과 수적(竪的) 평행이다.
나는 차라리 발꿈치를 돌려서 만족의 묵은 자취를 밟을까 하노라.

아아 나는 만족을 얻었노라.
아지랑이 같은 꿈과 금실 같은 환상이 님 계신 꽃동산에 둘릴
때에, 아아 나는 만족을 얻었노라.

계월향(桂月香)이여, 그대는 아리따웁고 무서운 최후의 미소를 거두지 아니한 채로 대지의 침대에 잠들었습니다.

나는 그대의 다정(多情)을 슬퍼하고, 그대의 무정(無情)을 사랑합니다.

대동강에 낚시질하는 사람은 그대의 노래를 듣고, 모란봉에 밤놀이하는 사람은 그대의 얼굴을 봅니다.

아이들은 그대의 산 이름을 외우고, 시인은 그대의 죽은 그림자를 노래합니다.

사람은 반드시 다하지 못한 한(恨)을 끼치고 가게 되는 것이다.

그대는 남은 한이 있는가 없는가, 있다면 그 한은 무엇인가.

그대는 하고 싶은 말을 하지 않습니다.

그대의 붉은 한은 현란(絢爛)한 저녁놀이 되어서, 하늘길을 가로막고 황량한 떨어지는 날을 돌이키고자 합니다.

그대의 푸른 근심은 드리고 드린 버들실이 되어서, 꽃다운 무리를 뒤에 두고 운명의 길을 떠나는 저문 봄을 잡아매려 합니다.

나는 황금의 소반에 아침 볕을 받치고 매화가지에 새봄을 걸어
서, 그대의 잠자는 곁에 가만히 놓아드리겠습니다.
　자 그러면 속하면 하룻밤, 더디면 한겨울, 사랑하는 계월향이
여.

어데라도

　아침에 일어나서 세수하려고 대야에 물을 떠다 놓으면, 당신은 대야 안의 가는 물결이 되어서, 나의 얼굴 그림자를 불쌍한 아기처럼 얼러 줍니다.

　근심을 잊을까 하고 꽃동산에 거닐 때에, 당신은 꽃 사이를 스쳐오는 봄바람이 되어서, 시름 없는 나의 마음에 꽃향기를 묻혀 주고 갑니다.

　당신을 기다리다 못하여 잠자리에 누웠더니, 당신은 고요한 어둔 빛이 되어서, 나의 잔 부끄럼을 살뜰히도 덮어 줍니다.

　어데라도 눈에 보이는 데마다 당신이 계시기에, 눈을 감고 구름 위와 바다 밑을 찾아보았습니다.

　당신은 미소가 되어서 나의 마음에 숨었다가, 나의 감은 눈에 입맞추고 '네가 나를 보느냐.' 고 조롱합니다.

인과율

당신은 옛 맹서를 깨치고 가십니다.

당신의 맹서는 얼마나 참되었습니까. 그 맹서를 깨치고 가는 이별은 믿을 수가 없습니다.

참 맹서를 깨치고 가는 이별은 옛 맹서로 돌아올 줄을 압니다. 그것은 엄숙한 인과율입니다.

나는 당신과 떠날 때에 입맞춘 입술이 마르기 전에, 당신이 돌아와서 다시 입맞추기를 기다립니다.

그러나 당신의 가시는 것은 옛 맹서를 깨치려는 고의가 아닌 줄을 나는 압니다.

비겨 당신이 지금의 이별을 영원히 깨치지 않는다 하여도, 당신의 최후의 접촉을 받은 나의 입술을 다른 남자의 입술에 대일 수는 없습니다.

타골의 詩(GARDENISTO)를 읽고

벗이여, 나의 벗이여, 애인의 무덤 위의 피어 있는 꽃처럼 나를 울리는 벗이여.

적은 새의 자취도 없는 사막의 밤에, 문득 만난 님처럼 나를 기쁘게 하는 벗이여.

그대는 옛무덤을 깨치고 하늘까지 사모치는 백골의 향기입니다.

그대는 화환을 만들려고 떨어진 꽃을 줍다가, 다른 가지에 걸려서 주운 꽃을 헤치고 부르는 절망인 희망의 노래입니다.

벗이여, 깨어진 사랑에 우는 벗이여.

눈물이 능히 떨어진 꽃을 옛 가지에 도로 피게 할 수는 없습니다.

눈물을 떨어진 꽃에 뿌리지 말고, 꽃나무 밑의 티끌에 뿌리셔요.

벗이여, 나의 벗이여.

죽음의 향기가 아무리 좋다 하여도, 백골의 입술에 입맞출 수는 없습니다.

그의 무덤을 황금의 노래로 그물치지 마셔요. 무덤 위에 피 묻은 깃대를 세우셔요.

그러나 죽은 대지가 시인의 노래를 거쳐서 움직이는 것을 봄바람은 말합니다.

　벗이여 부끄럽습니다. 나는 그대의 노래를 들을 때에, 어떻게 부끄럽고 떨리는지 모르겠습니다.
　그것은 내가 나의 님을 떠나서, 홀로 그 노래를 듣는 까닭입니다.

생의 예술

모르는 결에 쉬어지는 한숨은 봄바람이 되어서, 야윈 얼굴을 비치는 거울에 이슬꽃을 핍니다.

나의 주위에는 화기(和氣)라고는 한숨의 봄바람밖에는 아무것도 없습니다.

하염없이 흐르는 눈물은 수정이 되어서, 깨끗한 슬픔의 성경(聖境)을 비춥니다.

나는 눈물의 수정이 아니면, 이 세상이 보물이라고는 하나도 없습니다.

한숨의 봄바람과 눈물의 수정은, 떠난 님을 그리워하는 정의 추수입니다.

저리고 쓰린 슬픔은 힘이 되고 열이 되어서, 어린 양과 같은 적은 목숨을 살아 움직이게 합니다.

님이 주시는 한숨과 눈물은 아름다운 생의 예술입니다.

요 술

가을 홍수가 적은 시내의 쌓인 낙엽을 휩쓸어가듯이, 당신은 나의 환락의 마음을 빼앗아 갔습니다. 나에게 남은 마음은 고통뿐입니다.

그러나 나는 당신을 원망할 수는 없습니다. 당신이 가기 전에 나의 고통의 마음을 빼앗아 간 까닭입니다.

만일 당신이 환락의 마음과 고통의 마음을 동시에 빼앗아 간다 하면, 나에게는 아무 마음도 없겠습니다.

나는 하늘의 별이 되어서, 구름의 면사(面紗)로 낯을 가리고 숨어 있겠습니다.

나는 바다의 진주가 되었다가, 당신의 구두에 단추가 되겠습니다.

당신이 만일 별과 진주를 따서 게다가 마음을 넣어서, 다시 당신의 님을 만든다면, 그때에는 환락의 마음을 넣어 주셔요.

부득이 고통의 마음도 넣어야 하겠거든, 당신의 고통을 빼어다가 넣어 주셔요.

그리고 마음을 빼앗아 가는 요술은 나에게는 가르쳐주지 마셔요.

그러면 지금의 이별이 사랑의 최후는 아닙니다.

오 셔 요

오셔요, 당신은 오실 때가 되었어요, 어서 오셔요.

당신은 당신의 오실 때가 언제인지 아십니까, 당신의 오실 때는 나의 기다리는 때입니다.

당신은 나의 꽃밭에로 오셔요, 나의 꽃밭에는 꽃들이 피어 있습니다.

만일 당신을 쫓아오는 사람이 있으면, 당신은 꽃 속으로 들어가서 숨으십시오.

나는 나비가 되어서 당신 숨은 꽃 위에 가서 앉겠습니다.

그러면 쫓아오는 사람이 당신을 찾을 수는 없습니다.

오셔요, 당신은 오실 때가 되었습니다. 어서 오셔요.

당신은 나의 품에로 오셔요, 나의 품에는 보드러운 가슴이 있습니다.

만일 당신을 쫓아오는 사람이 있으면, 당신은 머리를 숙여서 나의 가슴에 대입시오.

나의 가슴은 당신이 만질 때에는 불같이 보드러웁지마는, 당신의 위험을 위하여는 황금의 칼도 되고, 강철의 방패도 됩니다.

나의 가슴은 말굽에 밟힌 낙화가 될지언정, 당신의 머리가 나의 가슴에서 떨어질 수는 없습니다.

그러면 쫓아오는 사람이 당신에게 손을 대일 수는 없습니다.

오셔요, 당신은 오실 때가 되었습니다. 어서 오셔요.

당신은 나의 죽음 속으로 오셔요, 죽음은 당신을 위하여의 준비가 언제든지 되어 있습니다.

만일 당신을 쫓아오는 사람이 있으면, 당신은 나의 죽음의 뒤에 서십시오.

죽음은 허무와 만능이 하나입니다.

죽음의 사랑은 무한인 동시에 무궁입니다.

죽음의 앞에는 군함과 포대가 티끌이 됩니다.

죽음의 앞에는 강자와 약자가 벗이 됩니다.

그러면 쫓아오는 사람이 당신을 잡을 수는 없습니다.

오셔요, 당신은 오실 때가 되었습니다. 어서 오셔요.

여름밤이 길어요

당신이 계실 때에는 겨울밤이 짜릅더니, 당신이 가신 뒤에는 여름밤이 길어요.

책력의 내용이 그릇되었나 하였더니, 개똥불이 흐르고 벌레가 웁니다.

긴 밤은 어데서 오고, 어데로 가는 줄을 분명히 알았습니다.

긴 밤은 근심 바다의 첫 물결에서 나와서, 슬픈 음악이 되고 아득한 사막이 되더니, 필경 절망의 성(城) 너머로 가서, 악마의 웃음 속으로 들어갑니다.

그러나 당신이 오시면, 나는 사랑의 칼을 가지고 긴 밤을 베어서, 일천 도막을 내겠습니다.

당신이 기실 때는 겨울밤이 짜릅더니, 당신이 가신 뒤는 여름밤이 길어요.

떠날 때의 님의 얼굴

꽃은 떨어지는 향기가 아름답습니다.
해는 지는 빛이 곱습니다.
노래는 목마친 가락이 묘합니다.
님은 떠날 때의 얼굴이 더욱 어여쁩니다.

떠나신 뒤에 나의 환상의 눈에 비치는 님의 얼굴은 눈물이 없는 눈으로는 바라볼 수가 없을 만치 어여쁠 것입니다.

님의 떠날 때의 어여쁜 얼굴을 나의 눈에 새기겠습니다.

님의 얼굴은 나를 울리기에는 너무도 야속한 듯하지마는, 님을 사랑하기 위하여는 나의 마음을 즐거웁게 할 수가 없습니다.

만일 그 어여쁜 얼굴이 영원히 나의 눈을 떠난다면, 그때의 슬픔은 우는 것보다도 아프겠습니다.

수(繡)의 비밀

나는 당신의 옷을 다시 지어 놓았습니다.

심의도 짓고 도포도 짓고, 자리옷도 지었습니다.

짓지 아니한 것은 적은 주머니에 수놓는 것뿐입니다.

그 주머니는 나의 손때가 많이 묻었습니다.

짓다가 놓아두고 짓다가 놓아두고 한 까닭입니다.

다른 사람들은 나의 바느질 솜씨가 없는 줄로 알지마는, 그러한 비밀은 나밖에는 아는 사람이 없습니다.

나의 마음이 아프고 쓰린 때에 주머니에 수를 놓으려면, 나의 마음은 수놓는 금실을 따라서 바늘구멍으로 들어가고, 주머니 속에서 맑은 노래가 나와서, 나의 마음이 됩니다.

그러고 아직 이 세상에는, 그 주머니에 널 만한 무슨 보물이 없습니다.

이 적은 주머니는 짓기 싫어서 짓지 못하는 것이 아니라, 짓고 싶어서 다 짓지 않는 것입니다.

쾌 락

님이여, 당신은 나를 당신 계신 때처럼 잘 있는 줄로 아십니까.
그러면 당신은 나를 아신다고 할 수가 없습니다.

당신이 나를 두고 멀리 가신 뒤로는, 나는 기쁨이라고는 달도
없는 가을 하늘에 외기러기의 발자취만치도 없습니다.

거울을 볼 때에 절로 오던 웃음도 오지 않습니다.
꽃나무를 심으고 물 주고 복돋우던 일도 아니합니다.
고요한 달 그림자가 소리 없이 걸어와서, 엷은 창에 소근거리는
소리도 듣기 싫습니다.
가물고 더운 여름 하늘에 소낙비가 지나간 뒤에, 산모롱이의 적
은 숲에서 나는 서늘한 맛도 달지 않습니다.
동무도 없고 노리개도 없습니다.

나는 당신 가신 뒤에, 이 세상에서 얻기 어려운 쾌락이 있습니다.
그것은 다른 것이 아니라, 이따금 실컷 우는 것입니다.

두견새

두견새는 실컷 운다.
울다가 못다 울면
피를 흘려 운다.

이별한 한(恨)이야 너뿐이랴마는
울래야 울지도 못하는 나는
두견새 못된 한을 또다시 어찌하리.

야속한 두견새는
돌아갈 곳도 없는 나를 보고도
'불여귀(不如歸) 불여귀'

우는 때

꽃 핀 아침, 달 밝은 저녁, 비오는 밤, 그때가 가장 님 그리운 때라고 남들은 말합니다.

나도 같은 고요한 때로는, 그때에 많이 울었습니다.

그러나 나는 여러 사람이 모여서 말하고 노는 때에, 더 울게 됩니다.

님 있는 여러 사람들은 나를 위로하여 좋은 말을 합니다마는, 나는 그들의 위로하는 말을 조소로 듣습니다.

그때에는 울음을 삼켜서, 눈물을 속으로 창자를 향하여 흘립니다.

고 대

당신은 나로 하여금 날마다 날마다 당신을 기다리게 합니다.

해가 저물어 산 그림자가 촌 집을 덮을 때에 나는 기약 없는 기대를 가지고 마을 숲 밖에 가서 기다리고 있습니다.

소를 몰고 오는 아이들의 풀잎피리는 제 소리에 목마칩니다.

먼 나무로 돌아가는 새들은 저녁 연기에 헤엄칩니다.

숲들은 바람과의 유희를 그치고 잠잠히 섰습니다. 그것은 나에게 동정하는 표상입니다.

시내를 따라 굽이친 모랫길이 어둠의 품에 안겨서 잠들 때에, 나는 고요하고 아득한 하늘에 긴 한숨의 사라진 자취를 남기고, 게으른 걸음으로 돌아옵니다.

당신은 나로 하여금 날마다 날마다 당신을 기다리게 합니다.

어둠의 입이 황혼의 엷은 빛을 삼킬 때에, 나는 시름 없이 문밖에 서서 당신을 기다립니다.

다시 오는 별들은 고운 눈으로 반가운 표정을 빛내면서, 머리를 조아 다투어 인사합니다.

풀 사이의 벌레들은 이상한 노래로, 백화(白晝)의 모든 생명의 전쟁을 쉬게 하는 평화의 밤을 공양합니다.

네모진 적은 못의 연잎 위에 발자취 소리를 내는 실없는 바람이 나를 조롱할 때에 나는 아득한 생각이 날카로운 원망으로 화(化) 합니다.

당신은 나로 하여금 날마다 날마다 당신을 기다리게 합니다.

일정한 보조로 걸어가는 사정(私情)없는 시간이, 모든 희망을 채찍질하여 밤과 함께 몰아갈 때에, 나는 쓸쓸한 잠자리에 누워서 당신을 기다립니다.

가슴 가운데의 저기압은 인생의 해안에 폭풍우를 지어서, 삼천세계(三千世界)는 유실되었습니다.

벗을 잃고 견디지 못하는 가엾은 잔나비는 정(情)의 삼림에서 저의 숨에 질식되었습니다.

우주와 인생의 근본문제를 해결하는 대철학은 눈물의 삼매(三昧)에 입정(入定)되었습니다.

나의 '기다림'은 나를 찾다가 못 찾고, 저의 자신까지 잃어 버렸습니다.

명 상

　아득한 명상의 적은 배는 가이없이 출렁거리는 달빛의 물결에
표류되어 멀고 먼 별나라를 넘고 또 넘어서, 이름도 모르는 나라
에 이르렀습니다.

　이 나라에는 어린아기의 미소와 봄 아침과 바다 소리가 합하여
사람이 되었습니다.

　이 나라 사람은 옥새(玉璽)의 귀한 줄도 모르고, 황금을 밟고
다니고, 미인의 청춘을 사랑할 줄도 모릅니다.

　이 나라 사람은 웃음을 좋아하고, 푸른 하늘을 좋아합니다.

　명상의 배를 이 나라의 궁전에 매었더니, 이 나라 사람들은 나
의 손을 잡고 같이 살자고 합니다.

　그러나 나는 님이 오시면, 그의 가슴에 천국을 꾸미려고 돌아왔
습니다.

　달빛의 물결은 흰 구슬을 머리에 이고, 춤추는 어린 풀의 장단
을 맞추어 우줄거립니다.

버리지 아니하면

나는 잠자리에 누워서 자다가 깨고 깨다가 잘 때에, 외로운 등잔불은 각근(恪勤)한 파수꾼처럼 온 밤을 지킵니다.

당신이 나를 버리지 아니하면, 나는 일생의 등잔불이 되어서, 당신의 백 년을 지키겠습니다.

나는 책상 앞에 앉아서 여러 가지 글을 볼 때에, 내가 요구만 하면, 글은 좋은 이야기도 하고, 맑은 노래도 부르고, 엄숙한 교훈도 줍니다.

당신이 나를 버리지 아니하면, 나는 복종의 백과전서가 되어서, 당신의 요구를 순응하겠습니다.

나는 거울을 대하여 당신의 키스를 기다리는 입술을 볼 때에, 속임 없는 거울은 내가 웃으면 거울도 웃고, 내가 찡그리면 거울도 찡그립니다.

당신이 나를 버리지 아니하면, 나는 마음의 거울이 되어서, 속임 없이 당신의 고락을 같이하겠습니다.

칠석

'차라리 님이 없이 스스로 님이 되고 살지언정, 하늘 위의 직녀성은 되지 않겠어요, 네 네.' 나는 언제인지 님의 눈을 쳐다보며, 조금 아양스런 소리로 이렇게 말하였습니다.

이 말은 견우의 님을 그리우는 직녀가 일 년에 한 번씩 만나는 칠석을 어찌 기다리나 하는, 동정의 저주였습니다.

이 말에는 나는 모란꽃에 취한 나비처럼, 일생을 님의 키스에 바쁘게 지나겠다는, 교만한 맹서가 숨어 있습니다.

아아 알 수 없는 것은 운명이요, 지키기 어려운 것은 맹서입니다.

나의 머리가 당신의 팔 위에 도리질을 한 지가, 칠석을 열 번이나 지나고 또 몇 번을 지내었습니다.

그러나 그들은 나를 용서하고 불쌍히 여길 뿐이요, 무슨 복수적 저주를 아니하였습니다.

그들은 밤마다 밤마다 은하수를 사이에 두고, 마주 건너다보며 이야기하고 놉니다.

그들은 해쭉해쭉 웃는 은하수의 강안(江岸)에서, 불을 한줌씩 쥐어서 서로 던지고 다시 뉘우쳐합니다.

그들은 물에다 발을 잠그고 반비식이 누워서, 서로 안 보는 체하고 무슨 노래를 부릅니다.

그들은 갈잎으로 배를 만들고, 그 배에다 무슨 글을 써서 물에 띄우고 입김으로 불어서 서로 보냅니다. 그러고 서로 글을 보고, 이해하지 못하는 것처럼 잠자코 있습니다.

그들은 돌아갈 때에는 서로 보고 웃기만 하고 아무 말도 아니합니다.

지금은 칠월칠석날 밤입니다.

그들은 난초 실로 주름을 접은 연꽃의 윗옷을 입었습니다.

그들은 한 구슬에 일곱 빛 나는 계수나무 열매의 노리개를 찼습니다.

키스의 술에 취할 것을 상상하는 그들의 뺨은, 먼저 기쁨을 못 이기는 자기의 열정에 취하여, 반이나 붉었습니다.

그들은 오작교를 건너갈 때에 걸음을 멈추고 윗옷의 뒷자락을 검사합니다.

그들은 오작교를 건너서 서로 포용하는 동안에, 눈물과 웃음이 순서를 잃더니, 다시금 공경하는 얼굴을 보입니다.

아아 알 수 없는 것은 운명이요, 지키기 어려운 것은 맹서입니다.

나는 그들의 사랑이 표현인 것을 보았습니다.
진정한 사랑은 표현할 수가 없습니다.
그들은 나의 사랑을 볼 수는 없습니다.
사랑의 신성은 표현에 있지 않고 비밀에 있습니다.
그들이 나를 하늘로 오라고 손짓을 한대도, 나는 가지 않겠습니다.
지금은 칠월칠석날 밤입니다.

당신의 마음

나는 당신의 눈썹이 검고, 귀가 갸름한 것도 보았습니다.

그러나 당신의 마음을 보지 못하였습니다.

당신이 사과를 따서 나를 주려고, 크고 붉은 사과를 따로 쌀 때에, 당신의 마음이 그 사과 속으로 들어가는 것을 분명히 보았습니다.

나는 당신의 둥근 배와 잔나비 같은 허리와를 보았습니다.

그러나 당신의 마음을 보지 못하였습니다.

당신이 나의 사진과 어떤 여자의 사진을 같이 들고 볼 때에, 당신의 마음이 두 사진의 사이에서 초록빛이 되는 것을 분명히 보았습니다.

나는 당신의 발톱이 희고, 발꿈치가 둥근 것도 보았습니다.

그러나 당신의 마음을 보지 못하였습니다.

당신이 떠나시려고, 나의 큰 보석반지를 주머니에 넣으실 때에, 당신의 마음이 보석반지 너머로 얼굴을 가리고 숨는 것을 분명히 보았습니다.

나의 꿈

당신이 맑은 새벽에 나무 그늘 사이에서 산보할 때에, 나의 꿈은 적은 별이 되어서 당신의 머리 위에 지키고 있겠습니다.

당신이 여름날에 더위를 못 이기어 낮잠을 자거든, 나의 꿈은 맑은 바람이 되어서 당신의 주위에 떠돌겠습니다.

당신이 고요한 가을밤에 그윽히 앉아서 글을 볼 때에, 나의 꿈은 귀뚜라미가 되어서 책상 밑에서 '귀똘귀똘' 울겠습니다.

거문고 탈 때

달 아래에서 거문고를 타기는 근심을 잊을까 함이러니, 춤 곡조가 끝나기 전에 눈물이 앞을 가려서, 밤은 바다가 되고 거문고줄은 무지개가 됩니다.

거문고 소리가 높았다가 가늘고 가늘다가 높을 때에, 당신은 거문고줄에서 그네를 뜁니다.

마지막 소리가 바람을 따라서 느티나무 그늘로 사라질 때에, 당신은 나를 힘없이 보면서 아득한 눈을 감습니다.

아아 당신은 사라지는 거문고 소리를 따라서 아득한 눈을 감습니다.

꽃싸움

당신은 두견화를 심으실 때에, '꽃이 피거든 꽃싸움하자.'고 나에게 말하였습니다.

꽃은 피어서 시들어가는데, 당신은 옛 맹서를 잊으시고 아니 오십니까.

나는 한 손에 붉은 꽃수염을 가지고 한 손에 흰 꽃수염을 가지고, 꽃싸움을 하여서 이기는 것은 당신이라 하고, 지는 것은 내가 됩니다.

그러나 정말로 당신을 만나서 꽃싸움을 하게 되면, 나는 붉은 꽃수염을 가지고 당신은 흰 꽃수염을 가지게 합니다.

그러면 당신은 나에게 번번이 지십니다.

그것은 내가 이기기를 좋아하는 것이 아니라, 당신이 나에게 지기를 기뻐하는 까닭입니다.

번번이 이긴 나는 당신에게 우승의 상을 달라고 조르겠습니다.

그러면 당신은 빙긋이 웃으며, 나의 뺨에 입맞추겠습니다.

꽃은 피어서 시들어가는데, 당신은 옛 맹서를 잊으시고 아니 오십니까.

당신 가신 때

당신이 가실 때에 나는 다른 시골에 병들어 누워서 이별의 키스도 못하였습니다.

그때는 가을 바람이 첨으로 나서 단풍이 한 가지에 두서너 잎이 붉었습니다.

나는 영원의 시간에서 당신 가신 때를 끊어내겠습니다. 그러면 시간은 두 도막이 납니다.

시간의 한끝은 당신이 가지고, 한끝은 내가 가졌다가 당신의 손과 나의 손과 마주잡을 때에 가만히 이어 놓겠습니다.

그러면 붓대를 잡고 남의 불행한 일만을 쓰려고 기다리는 사람들도 당신의 가신 때는 쓰지 못할 것입니다.

나는 영원의 시간에서 당신 가신 때를 끊어내겠습니다.

사랑의 불

산천초목에 붙는 불은 수인씨(燧人氏)가 내셨습니다.

청춘의 음악에 무도하는 나의 가슴을 태우는 불은 가는 님이 내셨습니다.

촉석루를 안고 돌며, 푸른 물결의 그윽한 품에, 논개의 청춘을 잠재우는 남강(南江)의 흐르는 물아.

모란봉의 키스를 받고 계월향의 무정(無情)을 저주하면서 능라도를 감돌아 흐르는 실연자인 대동강아.

그대들의 권위로도 애태우는 불은 끄지 못할 줄을 번연히 아지마는, 입버릇으로 불러보았다.

만일 그대네가 쓰리고 아픈 슬픔으로 졸이다가, 폭발되는 가슴 가운데의 불을 끌 수가 있다면, 그대들이 님 그리운 사람을 위하여 노래를 부를 때에, 이따금, 이따금 목이 메어 소리를 이루지 못함은 무슨 까닭인가.

남들이 볼 수 없는 그대네의 가슴속에도, 애태우는 불꽃 거꾸로 타들어가는 것을 나는 본다.

오오 님의 정열의 눈물과 나의 감격의 눈물이 마주 다서 합류가

되는 때에, 그 눈물의 첫방울로 나의 가슴의 불을 끄고, 그 다음
방울을 그대네의 가슴에 뿌려 주리라.

'사랑'을 사랑하여요

당신의 얼굴은 봄 하늘의 고요한 별이어요.

그러나 찢어진 구름 사이로 돋아오는, 반달 같은 얼굴이 없는 것이 아닙니다.

만일 어여쁜 얼굴만을 사랑한다면, 왜 나의 베갯모에 달을 수놓지 않고 별을 수놓아요.

당신의 마음은 티없는 숫옥(玉)이어요. 그러나 곱기도 밝기도 굳기도, 보석 같은 마음이 없는 것이 아닙니다.

만일 아름다운 마음만을 사랑한다면, 왜 나의 반지를 보석으로 아니하고, 옥으로 만들어요.

당신의 시는 봄비에 새로 눈트는 금결 같은 버들이어요.

그러나 기름 같은 바다에 피어오르는, 백합꽃 같은 시가 없는 것이 아닙니다.

만일 좋은 문장만을 사랑한다면, 왜 내가 꽃을 노래하지 않고, 버들을 찬미하여요.

온 세상 사람이 나를 사랑하지 아니할 때에, 당신만이 나를 사
랑하였습니다.

나는 당신의 '사랑'을 사랑하여요.

독자에게

독자여, 나는 시인으로 여러분의 앞에 보이는 것을 부끄러합니다.

여러분이 나의 시를 읽을 때에, 나를 슬퍼하고 스스로 슬퍼할 줄을 압니다.

나는 나의 시를 독자의 자손에게까지 읽히고 싶은 마음은 없습니다.

그때에는 나의 시를 읽는 것이 늦은 봄의 꽃수풀에 앉아서, 마른 국화를 비벼서 코에 대이는 것과 같을는지 모르겠습니다.

밤은 얼마나 되었는지 모르겠습니다.

설악산의 무거운 그림자는 엷어갑니다.

새벽종을 기다리면서 붓을 던집니다.

을축(乙丑) 팔월이십구일 밤 끝

4부

산가의 새벽

황매천

의를 향해 종용히 나라 은혜 갚으려고
한 번 죽자 만고에 겁의 꽃이 새로워라
저승에서도 다 못 풀 한 남기지 말라
그 충절을 위로할 사람 절로 있으리

黃梅泉

就義從容永報國
一暝萬古劫花新
莫留不盡泉臺恨
大慰苦忠自有人

선방의 뒷동산에 올라

두 언덕 고요하매 아무 일 없어
그윽함 즐기노라 돌아가지 못한다
절 안에는 실바람, 햇볕은 따가운데
갖가지 가을 향기 중 옷깃을 스친다

登禪房後園

兩岸寥廖萬事稀
幽人自賞未輕歸
院裡微風日欲煮
秋香無數樸禪衣

맑은 읊음

한 줄기 물에 외로운 꽃이 멀고
몇 번 종소리에 대숲이 차다
선이 깨어진 것 알지 못하고
도리어 물건 처음 보듯 하느니

清唫

一水孤花逈
數鐘千竹寒
不知禪已破
猶向物初看

피난 도중 비에 갇혀 머물면서

쌓인 세월 어느새 연말 가까워
왜놈의 군대 소리 산골까지 들리어
천지를 뒤집는 듯 날아가고 싶나니
하늘 끝의 바람비도 정이 들어라

避亂途中滯雨有感

崢嶸歲色矮於人
海國兵聲接絶嶙
顚倒湖山飛欲去
天涯風雨亦相親

출정 군인 아내의 슬픔

내게 원래 없던 시름 님 위해 생긴 시름
해마다 삼추 같지 않은 날 없네
내 얼굴 야윔이야 애닲 것이 없지만
다만 님의 머리 백발 될까 두렵네
어젯밤엔 강에 나가 연밥 따다가
한 밤 동안 흘린 눈물 물에 보탰네
구름에 기러기 없고 물에 고기 없거니
구름도 물도 모두 다 거들떠보지 않네
마음은 봄바람에 떨어지는 꽃 같고
꿈은 날으는 달을 따라 옥관을 지나가네
두 손 모아 정성껏 저 하늘에 비나니
우리 님 봄과 함께 말 타고 오시기를
님은 오지 않고 봄은 이미 저물어
하많은 바람비만 꽃수풀을 때리네
내 시름 어떠한가 굳이 묻지 말아라
봄강물도 밤호수도 깊다고 못하리라
한결 더한 마음에 한결 더한 이 시름
꽃도 달도 모두 팔아 무심을 배우고자

征婦怨

妾本無愁郎有愁
年年無日不三秋
紅顏憔悴亦何傷
只恐阿郎又白頭
昨夜江南採蓮去
淚水一夜添江流
雲乎無雁水無魚
雲水水雲共不看
心如落花謝春風
夢隨飛月渡玉關
雙手慇懃敬天祝
郎與春色一馬還
阿郎不到春已暮
風雨無數打花林
妾愁不必問多少
春江夜湖不言深
一層有心一層愁
賣花賣月學無心

안해주

만 섬의 뜨거운 피 열 말의 담력

칼 한 자루 벼려내니 칼집 속이 서릿발

벼락소리 갑자기 밤 적막을 깨쳤나니

어지러이 불꽃 튀고 가을 하늘 높아라

安海州

萬斛熱血十斗膽

淬盡一劍霜有鞱

霹靂忽破夜寂寞

鐵花亂飛秋色高

산가의 새벽

자고 나니 창 밖에 첫눈 내리네
더구나 온 산의 동트는 새벽이랴
고기잡이 마을집도 모두 그림과 같고
병중에 바득이는 시정(詩情)도 신기하네

山家曉日

山窓睡起雪初下
況復千林欲曙時
漁家野戶皆圖畵
病裡尋詩情亦奇

회갑날의 즉흥

— 천구백삼십구년 칠월 십이일 청량사에서

총총히도 지나간 예순에 한 해

인간에선 이것을 소겁이라 하나니

세월은 흰머리를 짧게 했지만

풍상도 일편단심을 어쩌지 못해

가난을 받아들여 범골이 바뀌인 듯

병을 버려두거니 묘한 방문 뉘가 알리

흐르는 물 내 여생을 그대는 묻지 말라

숲에 가득 매미 소리에 사양으로 달리느니

周甲日卽興

— 一九三九, 七, 十二 於淸凉寺

忽忽六十一年光

云是人間小劫桑

歲月縱令白髮短

風霜無奈丹心長

廳貧已覺換凡骨

任病誰知得妙方

流水餘生君莫問

蟬聲萬樹趁斜陽

눈 온 뒤에 한가히 읊음

유인도 적적하면 들 산책 나가나니
눈이 푸르고자 할 때는 정회가 매우 많네
큰 눈이 그치면 티끌 세상 멀어지고
온 산이 저물 때는 장한 마음 생기네
지난해 사귄 어초 모두 꿈에 보이고
추위 견딘 매죽도 또한 정에 걸리네
만고 영웅호걸들 한 번 훑어본 뒤에
다시 천지 진동하는 봄소리 듣네

雪後漫唫

幽人寂寂每縱觀
眼欲靑時意不輕
大雪初晴塵世遠
萬山慾暮壯心生
經歲漁樵皆入夢
忍冬梅竹亦關情
萬古英雄一評後
更聽四海動春聲

영호 화상에게 만나보지 못하는 안타까움을 말함

버드나무집 고운 님의 거문고 타는 소리에

봉황은 춤을 추고 신선이 내려온다

대밭 건너 담 안의 사람은 보이지 않아

창 밖의 가을 시름으로 세월이 아득하다

贈映湖和尙述未嘗見

玉女彈琴楊柳屋

鳳凰起舞下神仙

竹外短墻人不見

隔窓秋思香如年

병감의 후원

선을 말하는 사람 그 또한 속물이요

그물을 뜨는 나 어찌 중이랴

나뭇잎 떨어짐이 가장 섧거니

가을 못 오게 잡아맬 노끈 없는가

病監後園

談禪人亦俗

結網我何僧

最憐黃葉落

繫秋原無繩

동경의 여관에서 매미소리를 듣고

아름다운 나뭇빛 물보다 맑고
사방 매미소리는 초가와 같다
이 밖의 다른 일은 말하지 말라
나그네의 시름만 돋울 뿐이다

東京旅館聽蟬

佳木淸於水
蟬聲似楚歌
莫論此外事
偏入客愁多

천전 교수에게 화답함

— 천전부산이 참선시를 주었으므로 대답하다

참 성품은 그대와 나 아무 차이 없건만
참선도 못해내는 가소롭다 내 삶이여
도리어 하도 많은 갈등 속에 헤매나니
언제나 푸른 이내 산중으로 들어가리

和淺田敎授

— 淺田斧山遺以參禪詩故以此答

天眞與我間無髮
自笑吾生不耐探
反入許多葛藤裡
春山何日到晴嵐

스스로 시벽을 웃음

시에 빠짐 즐거우나 사람 목숨 빼앗아
젊은 얼굴 살 빠지고 입에는 진미 없다
나는 세속 뛰어났다 스스로 뽐내지만
가여워라 이름 병에 청춘을 다 잃었다

自笑詩癖

詩瘦太甜反奪人
紅顔減肉口無珍
白說吾輩出世俗
可憐聲病失青春

어느 날 이웃방과 이야기하다가 간수에게 들켜 두 손을 이분 동안 가볍게 묶이었다. 이에 즉석에서 읊음

농산의 앵무새는 말을 곧잘 한다는데
그 새보다 훨씬 못한 이 몸이 부끄럽다
웅변은 은이요 침묵이 금이라면
그 금으로 자유의 꽃 모두 사리라

一日與隣房通話爲看守窃聽雙手被輕縛二分間卽唫

隴山鸚鵡能言語
愧我不及彼鳥多
雄辯銀兮沈默金
此金買盡自由花

一 以下獄中作

정사년 십이월 삼일 밤 열시경 좌선중에 갑자기
바람이 불어 무슨 물건인가를 떨구는 소리를 듣
고, 의심하는 마음이 씻은 듯 풀렸다. 이에 시 한
수를 지음

남아는 간 곳마다 바로 고향인 것을
그 몇이나 객수 속에 오래 있었나
한 소리 크게 질러 삼천세계 깨뜨리니
눈 속에 복사꽃이 조각조각 붉었구나

丁巳十二月三日 夜十時頃坐禪中 忽聞風打墜物聲 疑情頓釋仍得
一詩

男兒到處是故鄉
幾人長在客愁中
一聲喝破三千界
雪裡桃花片片紅

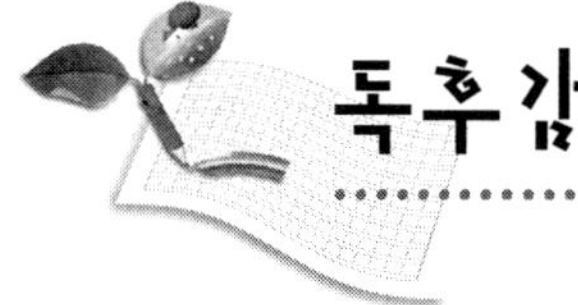

독후감
길라잡이

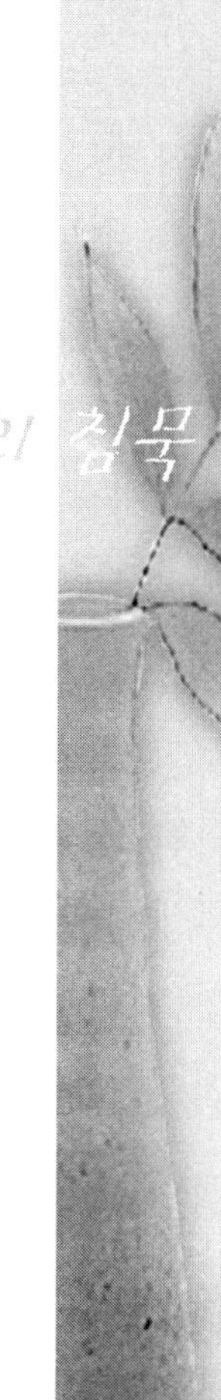

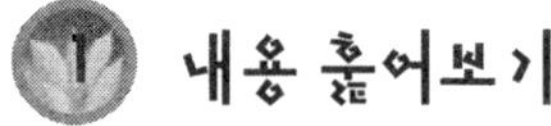

만해의 시에는 삶에서 오는 슬픔과 한(恨), 그리고 끝내 버리지 않았던 자주 독립에 대한 희망까지 고스란히 담겨 있습니다. '나는 서정 시인이 되기에는 너무도 소질이 없나봐요(〈예술가〉 중에서).'라고 겸손하게 자기를 표현한 만해는 시인으로 출발했던 것도 아니고, 시인으로서만 한 평생을 살지도 않았습니다. 그렇다면 그는 왜 시를 썼으며 그에게 시는 어떤 의미였을까요?

만해의 시는 문단과 접촉이 없고 다른 시인들처럼 기교를 부리려고 애쓰지 않았기 때문에 자유로운 형식의 산문율로 일상에서 쓰는 쉬운 말을 써서 시인의 깊은 뜻을 담고 있다는 점이 특징입니다. 그럼 지금부터 몇 편의 시를 통해 만해의 시에 담긴 의미를 느껴봅시다.

님의 침묵

〈님의 침묵〉은 님과의 이별을 제재로 님에 대한 영원한 사랑과 그리움을 노래하고 있는 작품입니다. 이 작품은 역설 구조로 이루어져 있습니다. '님은 갔지마는 나는 님을 보내지 아니하였습니다'고 하여 삶에서 만남과 헤어짐은 하나라는 역설적 진리를 담고 있지요.

만해 한용운을 떠올리면 바로 연상되는 것이 '님'입니다. 이 작품은 '님'을 어떻게 해석하느냐에 따라 그 의미가 달라지는데,

'님'을 연인으로 생각한다면 사랑하는 이와 이별하는 슬픔을 노
래하는 빼어난 연애시가 되고, '님'을 조국이나 겨레로 바꿔 생각
하면 조국을 잃은 슬픔과 조국에 대한 사랑, 그리고 그 슬픔을 다
시 새 희망의 원천으로 삼겠다는 의지를 나타낸 작품이 됩니다.
또한 '님'의 자리에 부처를 놓아 보면, 이 작품은 부처(종교적 절
대자)의 부재에 대한 슬픔과 기다림을 노래한 시가 됩니다.

'님'의 존재에 담겨 있는 다양한 함축적 의미와 함께 이별의 슬
픔에 절망하지 않고 그것을 새로운 만남의 희망으로 역전시킨 구
조가 이 작품의 뛰어난 점이라고 할 수 있겠어요.

이별은 미의 창조

이 작품은 매우 짧은 시지만 만해의 시 전체에 흐르고 있는 역
설의 미학이 잘 드러나 있는 작품입니다.

〈님의 침묵〉과 마찬가지로 여성적 어조이며, '이별은 미의 창조
입니다'로 시작해서 '미는 이별의 창조입니다'로 끝나는 수미쌍
관의 구성을 보이고 있지요. 첫행과 끝행에 나타난 이별과 미의
등식관계, 즉 '이별=미'를 통해 이별에 특별한 의미를 부여하고
있습니다.

'아침의 바탕 없는 황금', '밤의 올 없는 검은 비단', '시들지
않는 푸른 꽃'에는 존재하지 않는다는 이별의 미는 '밝음'이라는
것이 '어둠'을 전제로 할 때 그 의미가 있듯이, 긍정적 가치는 부
정적 가치가 있을 때 그 생명력을 발휘할 수 있다는 역설을 포함

하고 있습니다. 즉, 황금은 어둠을 뚫고 솟아오르는 눈부신 아침 햇살을 바탕으로 빛을 발하고, 검은 비단은 어둠 속에서만 그 아름다움을 드러낼 수 있으며, 생명은 죽음이 없이는 가치를 말할 수 없고, 시들지 않는 꽃은 결코 아름다울 수 없다는 것이지요.

따라서 이별은 '눈물에서 죽었다가 웃음에서 다시 살아날 수' 있기 때문에 다시 새로운 미가 창조되는 것입니다. 이별은 님의 존재를 깨닫게 하는 계기가 되며, 반대로 이별이 없다면 님의 존재를 깨달을 수도 없게 되지요. 부정을 통해 긍정에 이르고, 그것을 다시 부정함으로써 더 강한 긍정의 길을 준비하는 이러한 변증법은 만해 시의 근간을 이루고 있습니다.

알 수 없어요

〈알 수 없어요〉는 시인이 자신과는 다른 차원의 세계에 존재하는 '님'에게 보내는 송가입니다. 이 시는 〈님의 침묵〉과 함께 만해의 가장 뛰어난 작품으로 평가받고 있어요.

섬세하고도 순수한 우리말을 마치 구슬처럼 엮어 놓은 듯한 이 작품은 신비한 자연현상을 제재로 하여, 화자가 바라보는 세계의 비밀과 경이로움을 의문체로 서술하다가 마지막 행에 비로소 작품의 핵심이 되는 의미를 드러냅니다. 또한 여성적이고 고백적인 연가풍의 호소와 경어체의 사용은 경건하고 겸허한 심정을 격조 높게 표현하고 있어요.

1~5행까지는 '님'의 존재성에 대해 스스로 깨달음을 얻어가

는 과정이라고 할 수 있습니다. 마지막에 이르러 절대자의 힘 앞에 자신의 존재가 '약한 등불'처럼 미약한 것이지만, 그 본체를 찾아 헤매겠다고 말하며 끝을 맺지요. 그것은 일회적으로 끝나지 않고 그칠 줄 모르고 지속되는 것임을 말해 줍니다.

'타고 남은 재가 다시 기름이 됩니다'에서는 만해 작품 특유의 역설의 논리를 볼 수 있습니다. 아무것도 없는 상황이 가장 강력한 힘으로 작용할 수 있다는 것은 '님은 갔지마는 나는 님을 보내지 아니하였습니다(〈님의 침묵〉 중에서)', '이별은 미의 창조입니다(〈이별은 미의 창조〉 중에서)'와 연관되며 만해 시의 중심 원리가 됩니다.

이 시의 주제는 절대자에 대한 구도적 염원이라고 할 수 있지요.

나룻배와 행인

〈나룻배와 행인〉은 '나'와 '님'과의 관계를 '나룻배'와 '행인'에 비유하여 표현한 작품입니다.

1연에서는 님에 대한 사랑의 본질을 노래하고 있어요. '님'은 '나'를 짓밟고 있다가 물을 건너면 돌아보지도 않지만, 나는 당신을 기다리고 있지요. 그렇지만 '나'의 사랑에는 '그러나 당신이 언제든지 오실 줄만은 알아요'라는 큰 의지가 담겨 있습니다. 2연에서는 '나는 나룻배 / 당신은 행인'이라고 1연의 서두를 반복하면서, '당신'과 '나'의 관계를 정리하고 있습니다. '나'는 '당신’으로 인하여 의미가 있고, ‘당신’은 ‘나’로 인하여 의미가 있다는 것이지요.

이 작품에서 나룻배의 기다림이 허망한 것으로만 그려지지는 않습니다. 행인은 나룻배를 통하지 않고서는 강을 건널 수 없고, 결국 나룻배로 돌아올 수밖에 없다는 암시가 내포되어 있기 때문이에요.

또한 만해가 승려로서 대중을 제도하는 입장에 서고자 했던 점을 생각할 때, ‘강을 건너게 하는 일’을 하는 ‘나룻배’의 모습을 자신에 비유하고 있는 것으로 생각해 볼 수도 있겠지요.

당신을 보았습니다

〈당신을 보았습니다〉는 만해의 현실 인식과 저항 정신을 잘 보여주고 있는 작품입니다. 만해의 시를 무조건 조국이나 겨레에 대한 것으로 해석해서는 안 되지만, 이 작품이 일제 시대의 역사적 현실과 구체적으로 대응되어 있기 때문에 역사적인 삶과 관련지어 생각해 보아야 할 것입니다.

이 작품의 현실은 ‘님’의 상실에 의한 절망적인 상태이며, 슬픔과 고통으로 가득찬 비극적 세계입니다. ‘당신’을 잃고 홀로 선 ‘나’는 거지와 같이 모멸당하고, 마침내는 인간의 기본적 권리인 인권과 정조까지도 유린당하는 절망적 상황에 맞닥뜨리게 됩니다. 이러한 순간에 보게 되는 ‘당신’은 구원과 희망의 표상인 동시에 불의와 폭력에 항거할 수 있는 원동력입니다.

만해는 역사를 근본부터 부정한다거나, 몽롱한 의식으로 현실
과 영합한다거나, 세상 저 너머에 존재하리라고 생각되는 초월적
인 진리 속으로 사라진다거나 하는 비역사적인 태도를 거부하고,
인간 역사의 발전을 믿고 역사 속에 자신의 몸을 던지는 적극적
인 방식을 택합니다. 이처럼 만해가 현실을 보는 눈은 부정적이
지만, 그것으로 끝나는 것이 아니라 긍정을 위한 매개체로 작용
시킨다는 데에 그 의미가 있습니다.

복 종

이 작품은 '당신'에 대한 복종의 기쁨을 노래한 시입니다. '당
신'에게 복종함으로써 참된 자유를 얻을 수 있기에, 자유를 거부
하는 것이 아니라 오히려 더 큰 자유를 얻기 위해 복종이 필요하
다는 것이지요.

일반적으로 '복종'은 남의 명령이나 의사에 굴복하거나 따르는
것을 의미합니다. 그렇지만 이 시에서 복종의 의미는 일상적인
의미와는 다른 해석을 요구하고 있어요. 시적 화자는 절대적으로
따르고 싶은 대상 앞에서 자유보다 복종을 택합니다. 여기에서
복종이란 '따르고 싶은 대상'에 대한 절대성을 인정하는 것이며,
복종이 성립되기 위해서는 그 대상과의 사랑이 전제되어야 하는
것입니다.

이 작품을 역사적 현실과 연관지어 생각해 볼 때, 민족의 지도
자들까지도 일제의 위협 앞에 무릎을 꿇어야 했던 상황에서 만해

는 조국이라는 절대자에게 기쁘게 복종하겠다는 의지를 표현했다고 할 수 있습니다. 그리고 다른 사람, 즉 일제에는 절대로 복종하지 않겠다는 애국심과 지조를 담고 있지요.

정천한해

〈정천한해〉는 인간의 정(情)과 한(恨)을 제재로 하고 있는 시입니다. 정(情)은 하늘에, 한(恨)은 바다에 비유하고 있지요.

'손이 낮아서 / 오르지 못하고 / 깊고 깊은 한(恨)바다가 / 병될 것은 없지마는 / 다리가 짧아서 / 건너지 못한다'에서는 정한(情恨)을 이겨내지 못하는 인간의 한계를 상징적으로 표현하였습니다. 그러나 마지막에 '손이야 낮든지 다리야 짜룹던지 / 정(情)하늘에 오르고 한(恨)바다를 건너려면 / 님에게만 안기리라'라고 하여 인간 한계의 슬픔을 이겨내고 마침내 절대자인 '님'과 하나가 되고자 하는 서정적 자아의 강한 의지를 보입니다.

선사의 설법

이 작품은 비록 사랑이 괴로움의 원인이 된다 할지라도 이것이야말로 무엇보다 소중한 가치임을 노래한 작품입니다.

여기에 등장하는 선사는 이 세상의 모든 인연을 초월하라고 가르치는 사람입니다. 왜냐하면 모든 괴로움은 무엇엔가 집착하기 때문에 생겨나는 것이며, 그 집착을 끊어야만 평화로울 수 있기 때문입니다. 그래서 선사는 '쇠사슬'처럼 강한 집착인 '사랑의 줄’을 끊어 버리라고 말합니다.

그렇지만 만해는 그렇게 생각하지 않습니다. ‘사랑의 줄에 묶인 것이 아프기는 아프지만, 사랑의 줄을 끊으면 죽는 것보다도 더’ 아프다고 말합니다. 이때의 사랑이란 세상의 많은 사람들과 인연을 맺으며 살아가는 사랑이며, 더 넓게는 사람이 이루고자 하는 모든 의미나 가치에 대한 믿음과 애착입니다. 그것은 우리 삶에 소중하고 진실한 가치이기 때문에, 이에 대한 사랑으로 인하여 받게 되는 고통이 아무리 크다 해도 그것을 버릴 수 없는 것이지요.

그러므로 만해는 ‘대해탈은 속박에서 얻는 것’이라고 말합니다. 우리는 사랑을 가질 때 비로소 참다운 삶을 알 수 있고, 진정한 사랑에 속박됨으로써 헛된 번뇌나 망상으로부터 벗어날 수 있다는 얘기를 하고 있습니다.

명 상

이 작품은 이상적인 나라에 대한 동경과 조국애를 주제로 하고 있는 시입니다.

시인은 명상 속에서 ‘이름도 모르는 나라’에 이르게 됩니다. 그 나라는 ‘어린아기의 미소와 봄 아침과 바다 소리가 합하여’ 사람이 되며, ‘황금을 밟고 다니고’, ‘웃음을 좋아하고’, ‘푸른 하늘을 좋아하는’ 나라입니다.

시인이 이와 같은 이상의 세계를 발견하지만, 그 세계를 현실,

즉 조국의 땅에 건설하기 위해 그 아름다운 유혹을 뿌리치고 현실 세계로 돌아온다는 이야기입니다. 만해가 잠시도 떠날 수 없는 조국에 대한 사랑을 노래하고 있는 작품이지요.

또한 만해가 《불교유신론》의 저자임을 생각할 때, 불교를 통해 잃어 버린 조국을 찾음으로써 참다운 애국 애족의 터전을 이루고자 하는 뜻을 담고 있다고 생각할 수 있습니다.

논개의 애인이 되어 그의 묘에

승려이자 독립운동가로서 만해가 지녔던 사상적 면모를 보여주고 있는 작품입니다. 우리 역사상 큰 민족사적 수난이었던 임진왜란 당시, 진주 남강에서 적장을 껴안고 성스러운 죽음을 맞이한 여인 논개의 넋을 기리고 예찬하고 있지요.

현실 상황을 바라보는 자신의 역사 의식과 민족 의식을 형상화함으로써, 관념적이고 추상적인 사상을 현실적이며 구체적인 인식으로 표현하여 효과적으로 전달하고 있습니다. 1인칭 화자인 '나'의 직접적인 목소리를 통해 역사적 인물을 예찬하면서 자신의 실천적 삶을 다짐하고 있는 것이지요.

논개에 대한 화자의 사랑은 만해가 우리 민족을 사랑하는 것과 같은 의미를 지닌다고 할 수 있어요. 우리는 이 작품을 통해서 만해가 어떠한 태도로 독립운동에 임했는지 짐작해볼 수 있지요.

님의 침묵

만해의 대표시라고 할 수 있는 〈님의 침묵〉은 떠나간 '님'에 대한 그리움과 영원한 사랑을 노래하고 있는 작품입니다. 작품은 역설 구조로 이루어져 있는데, '님은 갔지마는 나는 님을 보내지' 않았다고 하여 삶에서 헤어짐과 만남은 하나라는 역설적 진리를 담고 있지요.

이 작품은 '님은 갔습니다'라고 하여 '님'과의 이별을 확인하는 현실 인식에서부터 시작됩니다. 그러면서 1~3행까지 '님'의 부재를 표현하고, '차마 떨치고 갔습니다'에서 '님'이 왜 갔는지에 초점을 맞추게 합니다. 그러면 다음 순간 '님'은 원해서 간 것이 아니라는 점을 알 수 있고, 이 시 전체를 놓고 볼 때 '이별이 이별이 아니다'라는 논리가 성립되는 것이지요.

4~6행까지는 이별 후의 슬픔을 이야기하고 있습니다. '나는 향기로운 님의 말소리에 귀먹고, 꽃다운 님의 얼굴에 눈멀었습니다.'는 강렬한 빛 앞에 눈이 멀 듯 '님'에 대한 사랑이 강렬했음을 나타내려는 의지입니다. '님'의 모습과 '님'의 목소리 이외에는 아무것도 보이지도 들리지도 않았다는 뜻으로 '님'에 대한 사랑이 절대적인 것임을 알려주는 것이지요.

4행에서 '날카로운'이라는 시어를 사용한 것은 '님'과의 사랑은 나의 온 삶을 송두리째 변화시킬 정도로 충격적인 것이었음을

암시하는 말입니다. 사랑은 강렬하게 찾아와 내 삶의 지표를 변화시켜 놓았는데도, 남은 것은 '님'이 가고 없다는 사실을 재확인할 뿐이라는 의미를 더 강하게 나타내주는 표현이지요.

7~8행에서는 '우리는 만날 때에 떠날 것을 염려하는 것과 같이, 떠날 때에 다시 만날 것을 믿습니다.' 라고 하여 새 희망에 대한 의지가 보입니다. 또한 불교의 회자정리(會者定離)와도 연관되는 부분이지요. 6행의 '만날 때에 미리 떠날 것을 염려하는' 도 마찬가지입니다.

9~10행에서는 '님은 갔지마는 나는 님을 보내지 아니하였습니다.' 라고 하여 '님'과의 영원한 사랑을 고백하며 끝맺고 있습니다. '님'이 떠났다는 객관적 사실을 '마음으로는 보내지 아니하였다'는 주관적 의지로써 극복하고 있는 것이지요. '제 곡조를 못 이기는 사랑의 노래'는 재회의 기쁨을 표현하는 시구로, '님의 침묵'과 상반된 의미를 드러내고 있는데, 이 시에서 '님'은 부재하는 것이 아니라 현존하기 때문에 사랑의 노래가 되는 것이지요.

만해에게 이별의 의미는 8행과 9행에 잘 나타나 있습니다. '우리는 만날 때에 떠날 것을 염려하는 것과 같이, 떠날 때에 다시 만날 것을 믿습니다.', '님은 갔지마는 나는 님을 보내지 아니하였습니다.' 라는 것은 이별이 절정에 이르면 다시 돌아온다, 어느 상황이든 극단까지 가면 다시 반대 방향으로 돌아온다는 만해의 역설의 논리를 표현하고 있는 중요한 대목입니다 만해에게 이별과 사랑은 대립되는 개념이 아닙니다. 그의 이별은 사랑의 방식으로 이해해야 해요.

그러므로 〈님의 침묵〉에서 화자는 님과의 이별을 인식하지만 그 이별은 영원한 헤어짐이 아니라 새로운 만남을 위한 준비임을 자각하게 됩니다. 바로 이 점이 만해 시의 가장 뛰어난 점이라고 할 수 있어요. 이별의 슬픔에 절망하지 않고 그것을 새로운 만남의 희망으로 역전시킬 수 있는 힘이지요.

만해의 시를 이해하려면 먼저 '님'의 의미를 이해해야만 합니다. 만해의 '님'은 하나의 대상으로 국한시킬 수 없는 다면적인 존재이기 때문입니다. 그리하여 그의 시에 대한 해석은 다양하고, 다양한 만큼 풍요로움을 지닐 수 있지요. '님'이 누구이든 간에 〈님의 침묵〉은 그 '님'의 부재에서 출발하고 있습니다. 그러나 '님'은 '부재'이면서 동시에 '부재하지 않는 님'입니다. 왜냐하면 '나'는 '님을 보내지 아니'하였기 때문이지요. 객관적 상황은 '님은 갔습니다'이지만, 시인은 그 현실을 주관적 의지로 극복하려고 합니다. 그런 의미에서 이 시는 '이별의 한(恨)'으로 대표되는 한국적 정서를 '절망이 아닌 희망'으로 열어준 기념비적인 작품이라 할 수 있습니다.

알 수 없어요

연 구분 없이 구성된 이 작품은, 의문형으로 끝나는 다섯 개의 행이 계속되다가 '타고 남은 재가 다시 기름이 됩니다'에 와서 큰 변화를 주고 다시 의문형으로 종결되는 구조를 지니고 있습니다.

또한 의인법과 설의법, 은유법 등의 수사법을 사용한 상징시로, 매연의 끝을 '입니까'로 마무리하여, 제목과 상응한 신비감의 효과를 더해 주고 있지요.

1~5행에서는 자연 현상을 통하여 '님'의 존재를 보여주고 있습니다. '바람도 없는 공중에 수직의 파문을 내이며, 고요히 떨어지는 오동잎'과 '지리한 장마 끝에 서풍에 몰려가는 무서운 검은 구름의 터진 틈으로, 언뜻언뜻 보이는 푸른 하늘', '꽃도 없는 깊은 나무에 푸른 이끼를 거쳐서, 옛 탑 위의 고요한 하늘을 스치는 알 수 없는 향기', '근원은 알지도 못할 곳에서 나서, 돌부리를 울리고 가늘게 흐르는 적은 시내', '연꽃 같은 발꿈치로 가이없는 바다를 밟고, 옥 같은 손으로 끝없는 하늘을 만지면서, 떨어지는 날을 곱게 단장하는 저녁놀'은 모두 '님'이 존재하는 모습을 표현하고 있는 것들입니다.

하지만 이것들은 모두 순간적으로만 포착할 수 있고, 또 금방 사라져 버리는 짧은 순간에 일어나는 것입니다. 화자는 이것을 통해 '님'의 흔적을 표현하고 있습니다. 이 세상 온갖 만물들의 현상과 변화는 그것 나름대로 의미와 내용을 지니고 있지만, 그 진리를 터득하기란 쉬운 일이 아니지요. 그리고 문득 자그마한 그 무엇에서 경이로움을 느낄 수도 있는 것입니다. 중요한 것은 님의 흔적은 매우 순간적이고 미묘한 것이지만, 시인은 그것이 님의 존재임을 알고 있다는 사실일 것입니다.

6행에서는 '타고 남은 재가 다시 기름이 됩니다.'에 이르러 이 작품의 핵심이 되는 의미가 드러납니다. '그칠 줄을 모르고 타는' 자기 연소와 극복의 몸부림은 '타고 남은 재'를 다시 '기름'으로 바꿀 수 있는 새로운 극복과 생성의 원동력을 만들어 줍니다. '타고 남은 재가 다시 기름이 된다'는 것은 만해 특유의 역설의 논리이지요. 절대자의 힘 앞에서는 자신의 존재가 '약한 등불'처럼 미약하지만, 그는 스스로를 태워서 어둠과 싸워 실낱 같은 희망을 밝힐 것임을, 또 그 행위는 그칠 줄 모르고 지속되는 것임을 말하고 있습니다.

이 작품은 단지 자연 현상에 대한 신비와 경이로움을 노래한 것이 아니라, 만해의 의식 세계에서 절대적인 의미를 지니고 있는 '님'에 대한 찬양과 헌신의 의지를 형상화한 작품입니다. '알 수 없어요'라는 제목은 1~5행에 표현된 것처럼, 느낄 수 있을 듯 말 듯 한 알 수 없는 신비 속에 있는 절대자의 본체를 추구하고, 끊임없이 구도하는 자신의 세계를 표현한 것이라 할 수 있습니다.

당신을 보았습니다

이 작품은 시집 《님의 침묵》에 실린 시 중에서 만해의 역사 인식이 가장 뚜렷하게 나타난 시로서, 치욕적인 삶에서 느끼는 절망을 극복하고 참다운 가치를 찾자는 논리를 담고 있습니다.

1연에서는 떠난 '당신'을 잊지 못하고 그리워하는 모습을 나타내고 있어요. 만해 시에서 '님'을 모두 조국과 동일시하는 것은 옳은 해석 방법이라고 할 수 없지만, 이 작품은 일제 시대의 현실과 구체적으로 대응되어 있기 때문에 역사적 현실과 관련시켜 해석해야 할 것입니다. 그렇게 하면 여기에서 '당신'은 잃어버린 조국을 나타내는 것이 되지요.

2연에서는 '당신', 즉 잃어버린 조국의 존재를 확인시키는 첫 번째 계기가 등장합니다. '심을 땅'이 없다는 말은 일제에 의해 빼앗긴 우리 삶의 터전을 상징하며, 여기에서 '주인'은 역사적 맥락을 고려할 때 '일제'라고 할 수 있고, 이와 대립되는 시어인 '거지'는 일제 시대에 우리 민족이 처했던 굴욕적인 상황을 상징하는 것으로 해석할 수 있습니다.

3연에서는 '집'과 '민적'이 없는 것과 그로 인한 박해가 빼앗긴 조국의 존재를 확인하게 되는 두 번째 계기로 작용합니다. '민적'은 한 나라의 국민이 갖는 호적을 가리킵니다. 따라서 민적이 없다는 것은 국권이 없다는 것을 의미하지요. '남에게 대한 격분'은 일제에 대한 분노를, '스스로의 슬픔'은 조국을 잃은 데서 오는 자책감과도 같은 것이라고 할 수 있습니다.

4연에서는 당신의 존재를 확인하게 되는 세 번째 계기가 나타나며, '님'의 의미에 대한 깨달음, 즉 조국의 의미에 대한 깨달음이 앞에서보다 더욱 확실하게 나타나고 있습니다. 시적 화자는 온갖 윤리, 도덕, 법률이 실은 권력과 돈에 봉사하는 허망한 것에 불과하기에 섯을 깨닫습니다. 이는 그 시대의 제노석 상지 일체에 대한 부정의 인식을 담고 있는 것이지요.

‘영원한 사랑을 받’는다는 것은 현실의 역사를 부정하고 도피하는 것, 즉 현실의 초월을 의미하는 것이며, ‘인간 역사의 첫 페이지에 잉크칠을’ 한다는 것은 인류의 역사가 허위와 기만에 불과하기에 처음부터 부정하는 일입니다. 그리고 ‘술을 마’신다는 것은 현실을 거부하고 몽롱하게 취한 상태에서 살아가는 모습을 가리키는 것으로, 이는 현실 망각을 뜻하는 것이지요.

이러한 고민의 마지막 순간에 ‘당신’을 보게 됩니다. ‘당신’은 세상이 현실적으로 타락해 있더라도, 바로 이 현실의 어려운 싸움을 통하지 않고는 어떠한 정의나 선(善)에도 다다를 수 없음을 암시하는 존재입니다.

우리는 이 작품에서 현실의 역사가 모두 정의로운 것은 아니지만, 우리는 바로 그 역사 안에서 참된 가치를 이루려는 노력을 계속해야만 한다는 만해의 역사관을 읽을 수 있습니다.

③ 작가 들여다보기

만해 한용운은 구한말 나라가 한참 기울어져 가던 때에 충남 홍성군 결성면에서 한응준의 차남으로 태어났습니다. 어려서는 유천(裕天)이라 불렸고, 법명은 용운(龍雲), 호는 만해(萬海)입니다.

어려서는 한학을 공부했으며, 1892년 천안 김씨를 아내로 맞고 서당에서 아이들을 가르치기도 했답니다. 그의 아버지는 만해가 어렸을 때, 역사 속 의인들의 언행을 가르쳐주며 세상 형편과 사회의 모든 일들을 설명해 주었어요. 나중에 그의 아버지와 형은 의병에 가담하여 전사했다고 전해집니다.

이러한 아버지나 형의 모습은 만해가 삶의 방향을 결정하는 데 큰 영향을 주었던 것 같습니다. 그가 십여 년 간 해온 한학 공부를 그만두고 현실에 뛰어든 첫걸음은 동학 운동 참가입니다. 17세 때, 홍성호방을 습격해 천 냥이라는 거액의 군자금을 탈취한 것이지요.

그러다 1897년 동학의 실패로 몸을 피해 설악산 오세암에 입산하고부터 불경을 공부하기 시작했어요. 그러나 그의 입산 동기가 단순히 종교적 신앙만이 아니었기에 곧 방랑의 길에 오르게 됩니다. 그는 자신의 뜻을 달성할 수 있도록 식견을 넓히고 힘을 기르기를 원했던 것이지요.

중국, 일본 등지를 여행하며 개화된 문명을 익힌 그는 서양에 관한 서적을 통해 근대적 지식을 갖게 되었습니다. 그리고 27세 때, 백담사에서 불가의 도를 쌓아 비로소 승려가 되었어요. 이러한 사실은 한용운의 사상이 단지 학문으로만 이루어진 것이 아니라, 실제 생활을 토대로 한 체험에서 자란 것임을 짐작케 합니다.

그는 자기가 이해한 불교 정신을 그대로 행동에 옮겨 민족적 투쟁의 정신으로까지 확대시켰습니다. 팔만대장경을 독파하고 불도에 징진하여 《조선불교유신론》(1913), 《불교대선》(1914) 능을 저술하였고, 불교의 대중화를 위한 불교 개혁 운동에 앞장 섰습니다. 국가가 쇠퇴해 가던 그 때, 그는 불교의 모순과 퇴락한 정신을 바로잡음으로써 한국의 현실을 구원할 정신을 불교의 개혁에서 찾으려 한 것입니다.

1918년 40세에는 월간지 《유심(唯心)》을 창간하고, 그 창간호에 최초의 시 〈심(心)〉을 발표했습니다. 이 잡지에서 만해도 자신의 문학 작품을 가지고 불교 대중, 그리고 민족에게 일제에 항쟁할 것을 호소했어요. 1919년, 윌슨의 민족자결주의 제창과 관련해 최린 등과 함께 조선 독립을 의논하고, 3·1 운동의 주동자로서 최남선이 작성한 조선독립선언서를 수정, 공약 3장을 첨가하여 3월 1일, 명월관 지점에서 33인을 대표하여 독립선언 연설을 하고 투옥되었습니다. 그리고 옥중에서 《조선독립의 서》를 저술했어요.

만해는 3년 간 옥고를 치른 뒤에도 계속 일제에 항거하여 독립운동을 하면서 불도에 정진했습니다. 물산 장려 운동을 적극 지원하고 민립대학 설립 운동을 전개하면서 1925년에는 백담사에서 《님의 침묵》을 탈고했지요. 광주학생 반일 투쟁이 있을 때에도 신간회의 조직을 통해 조선 민중에게 이 사실을 알리기 위해 활동했습니다. 그는 1940년 창씨개명 반대 운동과 1943년 조선인 학병 반대 운동을 하며 떠날 때까지 민주 독립을 위한 투쟁을 실천했답니다. 하지만 안타깝게도 1944년, 우리 나라가 해방되는 것을 보지 못한 채 66세를 일기로 입적하였습니다.

만해의 일생은 일본의 침략과 식민지 통치에 대한 항쟁으로 끝

을 맺었습니다. 일일이 열거하기 어려울 만큼 항일 투쟁으로 일
관한 만해의 생애는 그가 얼마나 조국을 사랑했는가를 알게 해줍
니다.

불교 개혁을 부르짖던 진보적 승려로, 적극적 항일 투쟁을 외치
던 민족주의자로, 또 투철한 정신과 문학적 아름다움을 갖춘 시
인으로 역사의 한 시대를 살았던 사람이 바로 만해 한용운입니
다. 그럼 그의 생애를 연도별로 살펴볼까요?

1879년 충남 홍성에서 한응준과 방씨 사이의 둘째 아들로 출
생. 속명은 유천, 법명은 용운, 법호는 만해.

1884~1897년 향리에서 한학을 공부함.

1896년 의병에 참가. 실패하자 고향을 떠나 피신함.

1899년 설악산 백담사 등지를 전전함.

1904년 홍성으로 다시 돌아와 수개월 머무름. 이때 맏아들 보
국 출생. 이 해 다시 백담사에 들어가 스님이 됨.

1911년 송광사, 범어사에서 승려 궐기 대회를 열어 한일 불교
동맹 조약을 분쇄함. 망국의 울분을 안고 8월 만주로 망명. 이때
박은식, 이시영 등과 만나 독립운동의 방향을 논의함.

1913년 5월 《조선불교유신론》 간행.

1914년 4월 《불교대전》 간행. 조선불교회 회장에 취임.

1918년 불교 월간 교양지 《유심(唯心)》 창간. 편집인 겸 발행
인으로 논설과 시를 발표.

1919년 최린, 현상윤 등과 함께 조선 독립에 대해 의논. 3월 1일 명월관에서 33인을 대표하여 독립선언 낭독 후 투옥. 옥중에서 〈조선 독립의 서〉를 기초함.

1922년 3년 간의 옥고를 치르고 출옥.

1923년 조선 물산 장려 운동. 민립대학 설립 운동 지원.

1926년 시집 《님의 침묵》 간행.

1931년 《불교》지 사장에 취임.

1935년 장편 《흑풍》을 조선일보에 연재함.

1936년 장편 《후회》를 조선중앙일보에 연재하다가 중단됨.

1937년 장편 《철혈미인》을 속간된 《불교》지에 연재함.

1938년 장편 《박명》을 조선일보에 연재함.

1940년 창씨 개명 반대 운동 전개.

1943년 조선인 학병 출정을 반대.

1944년 6월 29일, 심우장에서 입적.

 ## 시대와 연관짓기

한용운은 1879년, 국운이 기울어 가던 시기에 출생하여 1944년 해방을 보지 못한 채 숨을 거두었습니다. 한용운이 남긴 시집은 《님의 침묵》 한 권뿐입니다. 《님의 침묵》은 1926년 백담사에서 탈고한 것인데, 3일 만에 쓰여졌다고 전해집니다.

한용운의 삶은 '역사를 살았다'라고 말할 수 있을 만큼 시대와 떨어뜨려 놓고 생각할 수 없습니다. 그는 구한말에서 개화기를 거쳐 식민지 시대를 살다간 인물입니다. 그의 생애 동안 우리 나라는 기강이 흔들리고 점점 힘을 잃게 되어 결국 외세의 힘에 밀려 개화를 했고, 급격한 사회 변화를 겪어 매우 혼란스러웠습니다. 1910년에는 한일합방으로 나라를 잃는 비극까지 겪게 되었지요.

이러한 시대에 한용운은 자신의 모든 것을 버리고 행동가로서 조국을 위한 삶을 살아갑니다. 한용운이 시집 《님의 침묵》을 남기긴 했지만, 그의 삶 전체를 놓고 볼 때 그는 시인이라기보다는 한국 불교계에 커다란 업적을 남긴 대표적 불교인이자 투철한 민족주의자였다고 말해야 할 것입니다.

그가 시집을 탈고한 1920년대는 3·1 운동의 실패로 말미암아 민족 독립에 대한 기대는 절망으로 바뀌고 큰 좌절감을 느꼈던 시대였습니다. 특히 한용운은 3·1 운동의 지도자로서 민족 대표 33인을 대표하여 독립선언서를 낭독할 만큼 조국의 독립을 위해 고민하고 싸웠던 인물입니다. 그는 독립선언서 낭독 후 투옥되어 3년 간 옥고를 치루었습니다. 일본인들은 옥중에서 한용운을 회유하여 보았지만 그는 일제와 어떠한 타협도 하지 않았습니다. 그의 이러한 삶의 자세는 그의 시에 그대로 나타나 있음을 볼 수 있지요.

또한 이 시기의 시인들이 쓴 시의 공통적인 내용은 고독과 비

애, 감상, 동경과 환상 등이 그 주조를 이루고 있습니다. 이것은
시대의 민족적인 비통감과 절망감이 작품의 저변에 짙게 깔리지
않을 수 없었기 때문입니다. 그러나 한용운은 조국애와 민족적
저항을 표현하면서도 종교적 믿음을 차원 높은 표현기법으로 형
상화시킵니다. 그의 시 역시 빛이 보이지 않았던 암흑과 절망의
시대를 노래하였지만 거기에는 절망을 희망으로 바꿀 수 있는 힘
이 담겨 있습니다.

일제의 탄압에 의한 조국의 암흑기를 맞아 한용운은 행동가이
자 시인으로서 삶을 살았습니다. 정신적으로는 현실을 이겨내고
초월의 의지를 보여주는 방식을 택하면서, 행동으로는 끊임없이
일제와 저항하는 적극성을 보여주었던 것이지요. 한용운의 시에
일관하고 있는 역설의 논리는 이러한 점들을 잘 드러내고 있습니
다. 역설을 통해서라면 표면적으로 나타나지 않는 더 큰 의미를
발견할 수 있습니다.

한용운의 초월은 정신적으로 현실을 뛰어넘는 일이지요. 그는
잘못 흘러가고 있는 역사를 보면서도 자신의 힘으로는 바로잡지
못하는 안타까움을 보상받고자 했던 것입니다. 눈에 보이는 것은
절망뿐이지만, 그 이면에는 행복이나 희망이 있다는 것을 한용운
의 시는 말하고 있습니다.

1 만해 한용운의 시를 한 마디로 나타낼 수 있는 말은 바로 '님'입니다. 그래서 그와 시를 이해하는 데 있어서 가장 중요한 문제가 '님'의 의미를 파악하는 것입니다. 시집《님의 침묵》의 서문격인 다음의 〈군말〉을 참조하여 '님'의 의미에 대해 설명해 봅시다.

'님'만 님이 아니라, 기룬 것은 다 님이다. 중생이 석가의 님이라면 철학은 칸트의 님이다. 장미화의 님이 봄비라면 마시니의 님은 이태리다. 님은 내가 사랑할 뿐 아니라 나를 사랑하나니라.

연애가 자유라면 님도 자유일 것이다. 그러나 너희는 이름 좋은 자유에 알뜰한 구속을 받지 않느냐. 너에게도 님이 있느냐. 있다면 님이 아니라 너의 그림자니라.

나는 해 저문 벌판에서 돌아가는 길을 잃고 헤매는 어린 양이 기루어서 이 시를 쓴다.

―〈군말〉 전문―

➡ 우선 이성간의 '님'이라는 일반적인 '님'의 개념을 부정하고, 그리워하는 대상은 다 '님'이라 하여, '님'의 개념 범주를 확대시켜 '님'이 복합적 존재임을 말하고 있습니다. '님'은 단순히 애인일 수도 있고, 중생의 한 부분인 겨레나 조국일 수도 있습니

다. 혹은 불교나 문학, 만해가 추구하는 대상이면 무엇이건 다 '님'일 수 있는 것이지요. 그러나 여기에도 하나의 전제가 필요합니다. '사랑'이 전제된 '님'이어야 한다는 점입니다.

우리는 조국이나 절대자와 같이 어느 하나에만 치우쳐 해석하는 경향이 있는데, 이들 중 어느 하나만으로는 다양하고 복합적인 의미를 지닌 '님'을 말할 수 없을 것입니다. 분명한 것은 만해는 '님'을 사랑하고, 그리워하고, 생각했다는 것이에요. 다만, 만해가 '님'에 담고 있는 생각과 의미를 여러 각도에서 살피면서 그가 진정 하고 싶었던 말이 무엇인가를 읽어내는 것이 값진 일이 될 것입니다.

'님'의 의미는 '나'와의 관계 속에 존재합니다. 만해의 시에서 '님'과 '나'의 관계는 이별과 만남의 질서라고 볼 수 있을 것입니다. 이별은 모든 관계의 단절이자 삶의 좌절과 절망이지만 만해의 이별은 긍정성을 지닙니다. 이별은 '님'으로부터 떨어지는 것이 아니라 '님'과 다시 만날 것을 전제로 하고 있기 때문입니다.

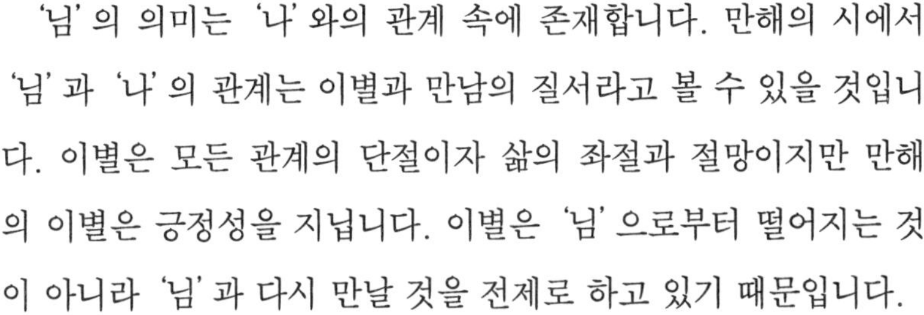

2 만해 한용운의 시에는 다른 시인들과는 구별되는 고유한 특성이 있습니다. 그 중 하나가 산문율의 사용입니다. 그래서 만해의 시를 흔히 사설체, 산문시라고 말하지요. 이러한 산문율의 사용은 형식적인 운율 차원 이상의 의미를 지니고 있습니다. 이를 만해시의 사상과 관련해 이야기해 봅시다.

➔만해는 처음부터 시인으로 출발하지도 않았고 한평생 시인으로 살았던 것도 아닙니다. 그는 시인이라기보다는 승려이자 독립운동가로서 삶을 살았습니다. 따라서 그의 시에 나타나는 사상은 그의 삶에서 기인하는 것이라고 할 수 있지요. 만해는 그가 가진 신념이나 사상을 시로 형상화시켜 놓았습니다. 우리는 만해의 시에서 그의 현실 인식과 사상이 그의 시 전체를 일관하고 있음을 볼 수 있습니다.

만해의 시가 사설체의 산문시 형식을 취하는 것은 그가 표현하고자 했던 내용이 그런 형식을 취할 수밖에 없었던 것이라고 생각할 수 있습니다. 단지 느낌이나 정서, 인상을 쓰는 것이 아니라 삶을 통해 깨달은 것들을 말로 나타내려다 보니까 산문시적 가락을 지닌 시가 될 수밖에 없었던 것입니다. 그에게 중요한 것은 형식이 아니라 내용이었기 때문입니다. 한용운의 산문시적 가락이 그 이후에 누구에게도 계승되지 못했던 것은 그것이 사상적 기반 위에서만 가능함을 증명하고 있습니다.

6 독후감 예시하기

▌독후감 1▐ 절망을 희망으로 노래한 시인, 한용운

오랫동안 일제에 대항해 싸운 독립투사, 평생 불교의 개혁을 주창하고 실천한 승려, 그리고 민족의 언어로 민족의 염원을 노래

한 큰 시인. 한용운은 사상, 예술, 행동, 이 모든 면에서 뛰어난 삶을 살았다. 그래서 나는 그를 '큰 산'에 비유하고 싶다. 혼란스럽고 어두웠던 시절을 온몸으로 싸워 나갔던 큰 산 같은 인물. 그가 같은 시대를 살았던 소월이나 다른 시인들과는 또 다르게 평가받고 있는 이유는 바로 이런 삶의 모습과 사상 때문일 것이다.

만해의 시에는 그의 삶과 사상이 보인다. 그러나 그의 시는 평이하고 소박하다. 아무런 사상적 이해가 없더라도 쉽게 다가갈 수 있는 것이 그의 시라고 생각한다. 그리고 시마다 해석을 달리함에 따라 사랑의 노래로도, 조국 독립을 염원하는 암호로도 읽혀질 수 있는 풍요로움이 나를 그의 시 세계로 이끌었다.

만해는 시인으로서 출발했던 것도 아니고 시인으로서 한 평생을 살지도 않았다. 그의 삶과 시를 보면서 나는 하나의 의문을 가져 본다. 그는 왜 시를 썼으며, 그에게 시는 무엇이었을까?

그의 시에는 삶에서 나온 통탄과 슬픔, 그리고 끝내 버리지 않았던 조국 독립의 희망까지 고스란히 담겨 있다. 감동적인 한 편의 시는 읽는 이의 마음에 큰 힘이 될 수 있다. 그는 시를 통해 민족 전체에 공감을 불러일으키고, 그 공감을 민족적 항쟁의 기반으로 삼을 수 있다고 생각했을지도 모른다. 소월에게 시가 삶의 유일한 구원이자 위안의 도구였다면, 만해에게 시는 삶 그 자체가 아니었을까.

그는 3·1 운동의 독립선언서를 낭독한 사람이다. 그만큼 그는 일생을 조국을 위해 바쳤고 일제의 그 어떤 탄압에도 굴하지 않았다. 또한 승려로서 불교를 통해 나라의 무너진 정신을 바로잡아 독립의 기반으로 삼고자 하였다. 그가 이루어 놓은 무수한 업적들, 용기 있게 민족을 대변했던 그의 삶은 우리의 역사를 빛내고 있다. 그러나 무엇보다 나를 감동시켰던 것은, 암흑의 시대를 헤쳐나가려 한 그의 고뇌였다.

그의 시를 읽으면서 민족의 삶을 망가뜨리는 거대한 힘 앞에서 침묵할 수밖에 없었던 현실, 그러면서도 그 슬픔과 좌절을 희망과 믿음으로 바꾸고자 했던 그의 세계를 나는 볼 수 있었다. 침묵, 그 이면에 진정 침묵이 아니었던 그 정신을 말이다.

어둠 속에서 밝음을, 죽음의 시대에서 삶을 확신하기까지 그가 겪어야 했던 좌절과 아픔이 먼저 가슴에 다가올 때, 만해의 시와 그의 세계를 바로 볼 수 있을 거라는 생각이 든다.

만해에게 침묵이란 진정 침묵이 아니다. 만해의 침묵은 천 마디의 말보다 더 무거운, 눈물과 웃음을 포함하는 말이다. 또한 그것은 어떠한 말로도 나타낼 수 없는 더 넓고 깊은 세계이다. 만해는 영원한 절망일 것만 같고, 영원한 암흑일 것만 같은 그 시대를 시로써 초월하였던 것이다.

만해는 어려웠던 그 시절에, 우리 민족에게 아무것도 남아 있지 않다고 생각할 때, 보이지 않는 곳에 더 큰 의미를 두고자 했던 것인지도 모른다. 눈에 보이는 것은 절망뿐이지만, 그 안에는 반드시 행복이나 희망이 있다고 생각했던 게 아니었을까. 절망을 깊은 슬픔으로 노래하면서 그것을 희망이게 했던 시인 한용운은 내 가슴속에 오래도록 남을 것이다.

▌독후감 2 ▌ 〈당신을 보았습니다〉를 읽고

나는 가끔, 내가 만약 식민지 시대에 태어났다면 어떤 삶을 살았을까 상상해 본다. 한용운과 같은 값진 삶을 살 수 있었을까? 나를 포함하여 대부분의 사람들이 친일파를 비난하고 있지만, 막상 나에게 일제의 어떠한 탄압에도 굴하지 않을 수 있겠냐고 묻는다면 바로 대답할 자신이 없는 것이 솔직한 심정이다.

나는 한용운의 〈당신을 보았습니다〉를 읽으면서 무엇보다도 일제 식민치하의 냉혹한 암흑의 시대를 온몸으로 맞서 싸워 나갔던 그의 고뇌가 마음에 와 닿았다.

이 시에는 민족의 삶과 존엄이 박탈된 식민치하의 비참한 상황이 그려져 있다. 갈고 심을 땅이 없으며 집과 민적이 없는 우리에게 일제는 우리 민족의 인격적 존엄을 부정하고 치욕을 안겨 주었다. 이런 치욕적인 삶 속에서 윤리나 도덕, 법률은 사실 그럴듯한 허위이며 권력과 돈에 봉사하는 허망한 것임을 만해는 깨닫는다.

이러한 현실 앞에서 고를 수 있는 선택은 많지 않았을 것이다. 이 시에서 만해는 어려운 역사적 상황에 처하여 세 가지의 유혹을 느낀다. 첫째는 어둠뿐인 현실을 부정하고 종교적 초월의 세계로 도피하는 것이고, 둘째는 인류의 역사와 역사적 과정 전부를 부정하는 것이다. 그리고 마지막으로 현실을 거부한 채 몽롱한 도취의 삶을 선택하는 것이다.

그러나 한용운은 마지막 순간에 이 모든 것들 너머에 있는 '당신'을 발견한다. 비록 현실의 역사가 모두 정의로운 것은 아니지만, 우리는 바로 그 역사 안에서 참된 가치를 이루려고 모색하는 삶을 살아가지 않으면 안 된다는 것이다.

사람이 살아가는 역사 속에는 어느 시대에나 불의와 폭력이 존재한다. 우리는 이런 일들을 볼 때 때때로 역사 자체를 부정하고 싶어지기도 한다. 그렇지만 아무리 현실이 타락하여 있더라도 바로 이 현실의 어려운 싸움을 이겨내지 않고서는 어떠한 정의와 선(善)에도 다다를 수는 없다는 것을 한용운은 이 시를 통해 이야기하고 있다.

그가 암울한 시대 상황에 처해서도 민족의 등불로서 독립을 위해 자신의 전부를 내던질 수 있었던 것은 이러한 믿음 때문이 아니었을까.

인간과 인간 그리고 수많은 우리들이 모여서 이루어가는 역사라는 거대한 수레바퀴가 정의롭지 못하고 잘못된 방향으로 흘러가고 있다는 생각을 누구나 한 번쯤 해보았을 것이다. 그러나 그렇다고 해서 현실을 피하거나 무관심한 태도로 살아간다면, 우리의 역사는 어떻게 될까. 인간과 인간에 대한 믿음, 역사가 다시 가치 있는 것으로 회복될 것이라는 믿음을 갖는다면 우리의 삶은 진실하게 나아갈 수 있을 것이다.

한용운의 시 〈당신을 보았습니다〉는 나에게 진실된 삶이 무엇인지를 가슴으로 느끼게 해준 값진 작품이다.

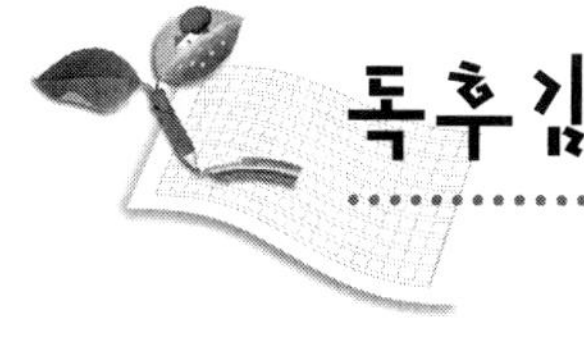

독후감
제대로 쓰기

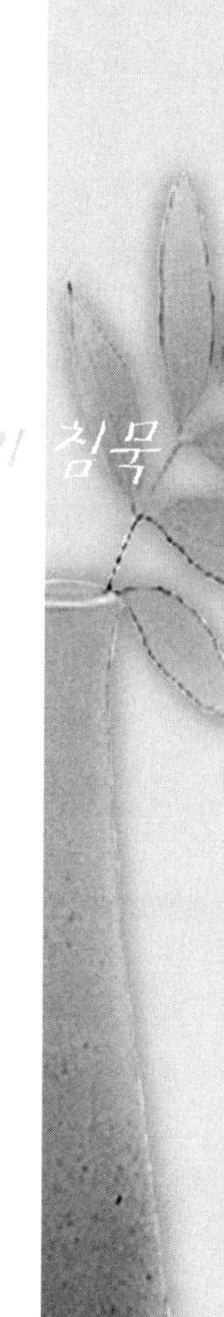

 ## 책을 읽기 전에

우리는 책을 통해서 지식을 쌓고 학문을 연마하게 됩니다. 또한 교양을 얻고 수양을 쌓게 되지요. 그리하여 즐겁고 보람 있는 생활을 할 수 있는 것입니다. 이러한 습관이 지속된다면 이것이 곧 나의 생활 자체가 되고, 책을 읽는 시간이 얼마나 가치 있고 즐거운 시간인지 깨닫게 될 것입니다.

독후감을 쓰기 위해서는 책을 읽어야 함은 말할 것도 없습니다. 그러나 아무 책이나 읽는다고 다 좋은 것은 아닙니다. 특히 중학생은 아직 양서를 구별할 만한 충분한 지식을 갖추지 못했기 때문에 선생님 혹은 부모님, 그리고 선배들이 권하는 책이나, 이미 국내적으로나 세계적으로 잘 알려진 명작이나 명저를 찾아 읽는 것이 바른 방법이라고 볼 수 있습니다. 예컨대 사회적으로 존경받을 만한 사람들의 일대기를 그린 위인전이나 자서전 같은 것은 읽을 가치가 있으며, 명시 모음집이나 명작 소설, 특정한 분야의 관찰기, 평론집 같은 것도 좋은 읽을거리가 될 수 있습니다.

그럼 효율적인 독서를 위해서 어떤 점에 유의해야 할지 알아볼까요?

첫째, 본문을 읽기 전에 책의 앞부분에 있는 머리말이나 해설하는 글을 먼저 정독합니다. 그러면 책을 쓰게 된 동기나 평가 등에 대하여 잘 알 수 있게 되죠.

둘째, 목차를 잘 살펴봅니다. 목차에서 그 책의 내용이 어떻게 전개될 것인가에 대해 미리 파악할 수 있기 때문입니다.

셋째, 본문을 읽기 시작하면, 그 중에 잘 모르는 단어나 문구가 나오기 마련입니다. 그런 것은 곧 사전을 찾아 뜻을 알아두어야 합니다. 그런 것을 무시했다가는 자칫 전체를 이해하지 못하는 오류를 범할 수 있거든요.

넷째, 각 문단별로 소주제가 무엇인지를 파악하고, 그 줄거리를 요약하는 습관을 길러야 합니다. 특히 필자가 표현하려는 것과 그 뒷받침되는 내용이 무엇인지 알아내는 것이 필수겠지요.

다섯째, 글의 배경은 무엇인지, 앞뒤 맥락이 어떻게 이어지고 있는지를 잘 생각하면서 읽어야 합니다. 그리고 소설일 경우에는 주인공과 등장인물들의 성격이나 특성을 파악하는 것이 무엇보다 중요하겠지요.

여섯째, 다 읽은 다음에는 줄거리를 만들어 보고, 전체적인 주제가 무엇인지 정리하는 작업도 필요합니다.

 책을 감상하는 방법

책을 읽을 때는 내용을 진지하게 파고들어 가며 읽어야 합니다. 즉 자기의 현재 생활과 비교해 가면서 생각의 폭과 사고를 넓혀 나가는 것이 중요하답니다. 그리고 작품의 문체·제목·주제·논제 등도 염두에 두고 읽으면 나중에 독후감을 쓰기가 좀더 수월

해집니다.

그리고 저자가 강조하고 있는 내용과 사건들이 현재 우리 사회에 어떤 의미를 가지고 있으며 어떻게 발전시켜 나가야 할 것인가를 생각하며 읽습니다. 더불어 저자가 작품에서 강조하려고 하는 것이 무엇인가를 파악하며 읽을 필요가 있습니다. 그렇다고 굉장한 부담을 느끼면서 책을 읽을 필요는 없습니다. 책 읽는 것 자체를 즐긴다면 그리 깊게 생각하지 않아도 작가가 말하려는 바를 깨닫게 될 테니까요.

그렇다면 각 문학 장르에 따라 어떤 점에 유념하여 책을 읽어야 하는지 알아볼까요?

❙ 소설 ❙ 작품의 주제를 파악하고 작중 인물의 성격과 배경을 생각하며 주인공이 어떻게 변화되어 가고 있는가를 염두에 두고 읽습니다. 자신의 생각이나 현실과 결부시켜 보는 것도 재미를 배가시켜 줄 거예요.

❙ 시 ❙ 선입견을 갖지 않고 그대로 느낌을 받아들이며 읽습니다.

❙ 희곡 ❙ 무대 상연을 전제로 하여 쓰여진 것이기 때문에 시간적·공간적 제약을 받는다는 것을 염두에 두어야 합니다.

❙ 역사 소설 ❙ 인물·사건 등을 작가가 상상력에 의존하여 구성한 글로서, 항상 계몽사상이나 민족의식 고취 등 어떤 목적이 들어 있는지를 파악하며 읽어야 합니다.

▌역사▐ 역사는 역사 소설과는 구분지어야 합니다. 이것은 정확한 기록으로 글쓴이의 주관적 해석이 들어 있을 수 없으며, 시간의 흐름에 따라 사건을 나열한 것임을 생각해야 합니다.

▌수필▐ 지은이의 인생관이 들어 있습니다. 심리적 부담감이 적으므로 편안한 마음으로 읽을 수 있습니다.

▌전기문▐ 인물의 정신, 자취, 시대적 배경과 사회적 환경을 먼저 파악해야 합니다.

▌과학 도서▐ 미지의 세계에 대한 탐구심, 합리적 사고력 배양, 지식과 정보의 입수, 창의력을 기르는 데 도움이 되므로 평소 이에 대한 흥미를 갖는 것이 중요합니다.

3 독후감이란 무엇인가?

독후감은 말 그대로 어떤 글이나 책을 읽고, 그에 대한 느낌이나 생각을 쓰는 것입니다. 좋은 책을 읽고 그것을 정리해 두지 않는다면 곧 그 내용을 잊어버려, 독서를 한 만큼의 가치를 얻지 못할 수도 있으니까요. 그러므로 한 권의 책을 읽으면 곧 그 책의 내용을 정리하고, 느낌이나 생각을 적어 두는 것이 좋습니다.

독후감은 느낌이나 생각을 거짓 없이 써야 하나, 그렇다고 아무렇게나 써도 되는 것은 아닙니다. 즉 독후감도 글이므로 수필의 형식으로 쓰든, 논술의 형식으로 쓰든, 정확하게 읽고 주제와 내

용에 맞게 써야 함은 물론이죠. 아무리 좋은 글이나 책이라도, 잘
못 읽어 실제와 맞지 않는 생각이나 느낌을 쓰면 좋은 독후감이
라고 할 수 없거든요. 그러므로 좋은 독후감을 쓰려면 독서를 잘
해야 한다는 것이 전제됩니다. 독서를 잘하는 방법은 따로 있는
게 아니라, 그저 많이 읽다 보면 요령이 생기고, 이해도 쉽게 되
며, 능률도 오르게 되는 것입니다.

 독후감은 왜 쓰는가?

　독후감을 쓰는 목적은 독후감을 작성함으로써 독서하는 능력이
향상되고 글 쓰는 훈련을 할 수 있기 때문입니다. 그러므로 독후
감을 쓰기 위해 책을 읽으면 보다 깊은 생각을 하면서 책을 읽게
됩니다. 또한 책을 통해 생활을 반성하며, 책에서 얻은 지식과 감
명을 음미하여 자기 생활에 적용시킬 수 있습니다. 문장력과 논
리적 사고가 향상되는 것은 물론이고요! 그럼 독후감을 왜 쓰는
지 다음과 같이 정리해 볼까요?

　① 읽은 책의 내용을 되살려 다시 음미해 볼 수 있습니다.

　② 감동을 간직하고 책 읽는 보람을 얻을 수 있습니다.

　③ 책을 통해 지식을 심화시킬 수 있습니다.

　④ 책을 통해 자신의 문제를 연관지어 볼 수 있습니다.

　⑤ 글을 써 봄으로 해서 생각을 깊이 있게 할 수 있습니다.

6 독서 목표를 확실히 할 수 있습니다.

7 작품에 대한 비판력과 변별력을 기를 수 있습니다.

8 자신의 생각을 조리 있게 쓸 수 있는 작문력을 향상시켜 줍니다.

9 사고력과 논리력, 추리력을 기를 수 있습니다.

10 바르게 책을 읽는 습관을 형성할 수 있습니다.

 5 독후감을 쓰기 전에 생각하기

독후감은 수필의 형식이든 논술의 형식으로든 쓸 수 있다고 했는데, 사실 이 둘의 차이는 모호합니다. 다만, 수필이 자유롭게 붓 가는 대로 쓰는 것이라면 논술은 논리 정연하게 쓴다는 점이 다르다고 할 수 있습니다.

붓 가는 대로 자유롭게 수필의 형식으로 쓰는 독후감이라도 글의 앞뒤가 맞지 않는다든지, 주제가 통일되지 않으면 좋은 평가를 받을 수 없습니다. 논리 정연하게 쓰는 독후감이라면, 서론·본론·결론으로 나누어 서술해야 함은 물론이구요.

서론에 해당되는 부분에서는 그 책에 대한 소개나 쓴 사람의 생애, 또는 특기할 만한 일화 같은 것을 적는 것이 일반적입니다.

본론에 해당하는 부분에서는 그 책을 읽고 특별히 다루려는 내용을 체계적이고 구체적으로 써야 합니다.

결론에서는 본론에서 다룬 내용을 요약하거나, 자신이 읽은 후의 감상, 그 책의 좋은 점, 나쁜 점 등을 들어서 마무리를 해야 합니다.

독후감은 짧게 쓰는 것이 상례이므로, 작품 전체를 거론하기보다는 특정한 주제를 잡아서 쓰는 것이 좋습니다. 보편적으로 다룰 수 있는 몇 가지 주제를 제시해 보면 다음과 같습니다.

첫째, 작가의 의식이나 주인공의 언행, 성격과 연관지어 주제를 구현시키는 방법입니다. 문학 작품이라면 주제가 애정이나 애국, 의리나 배반일 수 있으므로 이러한 점에 초점을 두고 써야겠지요. 또한 과학에 관계된 것이라면, 그 발명의 의의나 연구자의 노력과 관련시켜 서술해야 하겠지요.

둘째, 저자의 이념이나 생애, 업적에 관심을 두고 쓰는 방법입니다.

그 작품을 통하여 알 수 있는 저자의 철학이나 사상 또는 저자가 그 작품을 남기기까지의 역경이나 작품을 쓰게 된 동기, 작품의 가치나 다른 작품에 미친 영향 등 작품과 연관시켜 쓰는 것이지요.

셋째, 작품의 내용을 중심으로 기술합니다

예컨대, 작품 속 주인공의 성격을 분석하거나 다른 사람과 비교해 볼 수도 있고, 그 작품의 사건이나 시대적 배경을 논의하거나, 작품의 구성 같은 것에 초점을 두고 이야기할 수도 있습니다.

이와 같이 작품을 읽기 전에 먼저 어떤 점에 중점을 두고 독후감을 쓸 것인가를 염두에 둔다면, 그렇지 않은 경우보다 훨씬 이해가 쉽고, 나중에 독후감을 쓰는 데도 도움이 될 것입니다.

 독후감의 여러 가지 유형

1. 처음에 결론부터 쓴 다음 왜 그러한 결론이 도출되었는지 자기의 감상을 자세하게 쓰거나 또는 감상을 먼저 쓰고 결론을 씁니다.

2. 책을 읽게 된 동기부터 설명하고 글 중간에 자기의 감상을 씁니다.

3. 저자나 친구에 대한 편지 형식으로 감상을 쓰거나 주인공에게 대화 형식으로 씁니다.

4. 시(詩)의 형태로 감상문을 씁니다.

5. 대화문(對話文) 형식으로 씁니다.

6. 줄거리부터 요약한 다음 자기의 느낌이나 생각을 씁니다.

 독후감을 구체적으로 쓰는 방법

어렵게 쓰겠다는 생각은 하지 말고 쉽게 써야겠다는 마음가짐을 가져야 좋은 글이 나올 수 있습니다. 그리고 무엇보다 감상문을 쓰기 전에 무엇을 어떻게 쓸까 조목별로 골자를 먼저 쓰고, 이 골자에 살을 붙이는 방법으로 쓰려고 노력해야 합니다. 이때 의도적으로 아름답게 잘 쓰려고 하지 않는 것이 좋습니다. 자, 그럼 더 자세하게 알아볼까요?

1. 먼저 제목을 붙입니다.

2. 처음 부분(머리글)을 씁니다.

    ➥ 책을 읽게 된 이유나 책을 대했을 때의 느낌을 씁니다.

    ➥ 자신의 생활 경험과 관련지어 써 봅니다.

    ➥ 제일 감동받은 부분을 씁니다.

    ➥ 지은이나 주인공을 소개하는 글을 씁니다.

3. 가운데 부분을 씁니다.

    ➥ 자기의 생활과 견주어 씁니다.

    ➥ 주인공과 나의 경우를 비교해서 씁니다.

    ➥ 시시비비를 분명히 가려야 합니다.

    ➥ 가장 극적이었던 부분을 소개합니다.

4. 끝부분을 씁니다.

    ➥ 자신의 느낌을 정리합니다.

    ➥ 자신의 각오를 씁니다.

독후감을 쓴 다음에는 다음과 같은 추고의 과정이 필요합니다.

첫째, 쓴 글을 다시 한 번 읽으면서 맞춤법이나 표준어 규정에 어긋나는 것은 없는지 살펴봐야 합니다.

둘째, 문장이 잘 구성되어 있는지, 또 문단이 잘 짜여져 있는지 알아보아야 합니다. 한 문단에는 소주제문과 보조문들이 있어야 하는데, 그런 점이 잘 지켜져 있는지 유의해야 합니다.

셋째, 글 전체의 구성이 잘 이루어졌는지 살펴봅니다. 예를 들어 서론에 해당하는 부분이 지나치게 길다든지, 결론에 해당하는 부분이 너무 짧다든지, 전체적인 구성이 균형을 잃고 있다면 다시 고쳐 써야 하겠지요.

우리가 시간을 들여 열심히 책을 읽고 난 후 독후감을 잘 쓰기 위해서는 책을 읽고 있는 동안의 느낌을 잊지 않고 글로써 표현할 줄 알아야 하며, 책을 읽고 가장 감명받은 부분을 기억하고 있어야 합니다. 또한 다른 사람들은 어떻게 독후감을 썼는지 남의 것을 읽어 보고, 자신의 것과 비교해 보며 자주 글을 써 보는 것이 중요합니다. 그렇게 하다 보면 자신만의 개성 있는 필치로 독특한 감상문을 쓸 수 있게 되지요. 학교에서 아무리 독후감 숙제를 내주어도 부담없이 즐거운 기분으로 끝낼 수 있을 겁니다!

🎱 그 밖에 알아두면 유익한 것들

▌독후감 쓰기 10대 원칙 ▌

1. 자신의 수준에 맞는 책을 선택합시다.

2. 독후감 쓰는 형식이 있기는 하지만 너무 거기에 구애받을 필

요는 없습니다.

3. 자신이 작가라면 어떻게 글을 이끌어갈지를 생각하며 읽어 봅시다.

4. 평소 음악 평론이나 영화 평론을 많이 읽어 봅시다.

5. 읽으면서 마음에 와닿는 것이 있다면 따로 적어 둡시다.

6. 현대 사회의 문제점과 비교하면서 읽어 봅시다.

7. 모르는 것이 있으면 적어 두는 습관을 기릅시다.

8. 신문 사설이나 칼럼을 스크랩해서 필요할 때 사용합시다.

9. 요약하는 데에만 집착하지 말고 제대로 책을 읽읍시다.

10. 읽은 후에는 꼭 독후감을 직접 써 봅시다.

▌ 책을 읽는 10가지 방법 ▌

1. 아주 어릴 때부터 책과 친하게 지내는 습관을 기릅시다.

2. 너무 속독하려 하지 말고 담겨진 내용을 충실히 읽는 습관을 기릅시다.

3. 항상 작품이 나와 어떠한 상관 관계가 있는지 체크를 해 가며 읽읍시다.

4. 무조건 책장을 넘길 것이 아니라 시시비비를 가려 가면서 읽읍시다.

5. 매일매일 조금씩이라도 책을 읽는 습관을 들입시다.

6. 책 속에 담긴 뜻을 음미하고 되새기면서 읽읍시다.

7. 너무 자신의 취향에 맞는 책만 읽지 말고 다양한 장르의 책

을 골고루 읽도록 합시다.

8. 책 속에 담겨진 교훈을 깊이 생각하고 생활에 적용시킵시다.

9. 책에 따라 읽는 방법을 달리하는 습관을 들입시다. 모든 책이 만화책은 아니기 때문이죠.

10. 바른 자세로 앉아 눈과의 거리를 30cm 두고 밝은 곳에서 읽읍시다.

 원고지 제대로 사용하기

▌제목 및 첫 장 쓰기 ▌

1. 제목은 석 줄을 잡아 둘째 줄 가운데에 씁니다.

2. 1행 2칸부터 글의 종별을 표시합니다. 가령 수필이면 '수필'이라고 씁니다. 간혹 글의 종별을 표시 없이 비워 두는 경우가 많은데 이는 적는 것을 잊었거나, 원고지 사용법에 무관심하기 때문입니다.

3. 제목을 쓸 때에는 마침표를 찍지 않고, 물음표와 느낌표는 붙이지 않는 것이 좋습니다.

4. 제목에 줄임표는 사용하지 않는 것이 상례입니다.

5. 이름은 넷째 줄 끝에 두 칸 정도를 남기고 씁니다. 특별한 경우에는 서너 칸을 남겨도 됩니다.

6. 성과 이름은 붙여 씁니다. 다만, 성과 이름을 분명히 구별할

필요가 있을 경우에는 띄어 쓸 수 있습니다. 예) 임채후(○), 남궁 석(○), 남궁 석(○)

7. 본문은 여섯째 줄부터 쓰는 것이 좋습니다. 단, 특수한 작문인 경우는 적절히 올려 넷째 줄부터 본문을 시작해도 상관없습니다.

8. 학교 이름이나 주소가 길 경우에는 세 줄을 잡아 쓸 수 있습니다.

9. 주소는 보통 표제지에 기재하고 원고지 첫 장에는 제목과 성명만 간단하게 적는 것이 상례입니다.

10. 성명의 각 글자는 시각적 효과를 위해 널찍하게 한두 칸씩 비워 써도 무방합니다.

11. 학교 앞에 지명을 기입할 때는 학교명을 모두 붙여 써서 지방을 표시하는 지명과 학교명의 구분을 명확히 해 주는 것이 좋습니다.

▌첫 칸 비우기 ▌

1. 각 문단이 시작될 때는 첫 칸을 비우고 씁니다.

2. 대화체의 경우는 첫 칸을 비우고 씁니다.

3. 인용문이 길 때는 행을 따로 잡아 쓰되, 인용 부분 전체를 한 칸 들여서 씁니다.

4. 첫째, 둘째, 셋째 등으로 이야기를 전개해야 할 때는 시작할 때마다 첫 칸을 비울 수 있습니다. 단, 그 길이가 길거나 제시된

내용을 선명하게 하고자 할 때 비워 둡니다.

　5. 시는 처음 두 칸 정도 줄마다 비우고 씁니다.

┃ 줄 바꾸기 ┃

　1. 문단이 바뀔 때는 줄을 바꾸어 씁니다.

　2. 대화는 줄을 새로 잡아 씁니다.

　3. 인용문을 시작할 때는 줄을 바꾸어 씁니다. 단, 그 길이가 길 때 한해서입니다.

　4. 대화나 인용문 뒤에 이어지는 지문은 글이 다시 시작되는 것이므로 한 칸을 들여 씁니다. 단, 이어 받는 말로 시작되는 지문은 첫 칸부터 씁니다.

┃ 문장 부호 및 아라비아 숫자, 영문자 ┃

　1. 문장 부호는 한 칸에 하나씩 넣는 것이 원칙입니다.

　2. 아라바아 숫자는 한 칸에 두 자씩 넣습니다.

　3. 한자(漢字)로 쓸 때는 띄어 쓰지 않습니다. 그러나 한자와 한글이 함께 쓰이면 띄어 쓰기를 합니다.

　4. 마침표(.)와 쉼표(,) 다음에는 통례상 한 칸을 비우지 않으며, 느낌표(!), 물음표(?) 다음에는 통례상 한 칸을 비웁니다.

　5. 행의 첫 칸에는 문장 부호를 쓰지 않습니다. 첫 칸에 문장 부호를 써야 할 경우는 그 바로 윗줄의 마지막 칸에 글자와 함께 씁니다.

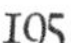

독후감 제대로 쓰기

6. 영문자의 경우, 대문자는 한 칸에 한 글자, 소문자는 한 칸에 두 글자씩 넣습니다.

🔟 문장 부호 바로 알고 쓰기

1. 마침표 : 문장을 끝마치고 찍는 문장 부호로 온점(.), 물음표(?), 느낌표(!)를 이르는 말입니다.

2. 쉼표 : 문장 중간에 찍는 반점(,) 가운뎃점(·) 쌍점(:) 빗금(/)을 이르는 말입니다.

3. 따옴표 : 대화, 인용, 특별어구를 나타낼 때 쓰는 문장 부호로 큰따옴표("")와 작은따옴표(' ')를 씁니다.

4. 그 밖의 문장 부호 : 물결표(~)는 '내지(얼마에서 얼마까지)'라는 뜻에 씁니다. 줄임표(……)는 할말을 줄였을 때와 말이 없음을 나타낼 때 씁니다.

⑪ 마치며

초등학교나 중학교에서는 독후감이라는 말을 사용하지만 고등학교에 가게 되면 독후감이라는 말보다는 아마 논술이라는 말을 더 많이 쓰고 더 많이 듣게 될 것입니다. 논술이란 말 그대로 어

떠한 논제를 가지고 논리적으로 서술하는 것을 말하는데, 이는
하루아침에 이루어지는 능력이 아니랍니다. 다양한 분야의 많은
것을 폭넓고 깊이 있게 알고, 자기의 주관을 뚜렷이 할 때만이 논
술을 잘 쓰게 되는 것이지요. 그러기 위해서는 중학교 시절부터
많은 책을 읽어 보고 스스로 글을 써 보는 훈련을 하는 것이 중요
합니다.

  실제로 고등학교에 가면 교과목 공부에도 시간이 모자라 제대
로 책을 읽을 시간이 없거든요. 무엇을 알아야 글을 쓸 것이고,
자신의 주장을 피력할 것 아니겠어요? 그러니 조금이라도 시간이
더 있는 중학생 시절에 좋은 책을 많이 읽어 보고, 생각해 보며,
글을 써 보는 노력을 하는 것이 여러분의 미래를 더욱 밝게 해줄
것입니다. 시간도 절약이 되고요. 아마 그렇게 한 사람은 그렇지
않은 사람보다 10리쯤 앞서 나가지 않을까 생각되는데 여러분 생
각은 어떠세요?

┃성 낙 수┃
한국교원대학교 교수, 연세대학교 졸업, 동 대학원에서 석사·박사 학위 받음.
┃이 은 성┃
전주 전일중학교 교사, 한국교원대학교 졸업, 한국교원대학교 박사과정 재학.
┃유 상 우┃
전주 서중학교 교사, 한국교원대학교 졸업, 한국교원대학교 대학원 재학.

판권본사소유

중학생이 보는
님의 침묵

초판 1쇄 발행 2001년 5월 30일
초판 9쇄 발행 2018년 4월 13일

지은이 한 용 운
엮은이 성낙수 · 이은성 · 유상우
펴낸이 신 원 영
펴낸곳 (주)신원문화사

주   소 서울시 구로구 가마산로 27길 14 (신원빌딩 10층)
전   화 3664-2131~4
팩   스 3664-2130

출판등록 1976년 9월 16일 제5-68호

＊잘못된 책은 바꾸어 드립니다.

ISBN 89-359-0986-6 43810